JE ME SOUVIENS DE TOUT

Entre, ma fille !

Je me suis maintes fois assis dans ce fauteuil. Maintes fois je me suis levé… maintes fois j'ai dirigé mes pas vers la fenêtre… maintes fois j'ai laissé mon regard déambuler dans le passé… maintes fois j'ai voulu crier ton nom. Toujours, ma gorge se noue… la parole m'échappe… la tristesse déferle… la peur s'infiltre.

Oui… j'ai peur. J'ai peur de ton incompréhension, de ton jugement… peut-être aussi de ta déception. J'ai peur que cet amour que tu me portes, que je ressens quand tu me regardes, qui se révèle dans ta voix quand tu me parles… s'estompe. J'ai peur de perdre ton admiration… J'ai peur de perdre ton respect… J'ai peur, ma fille, de te perdre.

Ta mère et moi avons voulu te garder jalousement. Nous avons ignoré pendant toutes ces années des sourires, des regards, des intonations de voix, mais surtout un caractère, évocateurs. Au fur et à mesure que tu grandissais, ces traits s'accentuaient et à travers ton regard, je percevais de plus en plus nettement des yeux accusateurs.

J'ai résisté ma fille, j'ai résisté jusqu'à hier, quand je t'ai trouvée sur le balcon, offrant un profil qui m'a ramené vingt et un ans en arrière, lorsqu'avec ton père, j'ai vu pour la première fois ta vraie mère. Oui ma fille, ta mère et moi ne sommes pas tes vrais parents.

Que dis-je ? Certes nous sommes tes vrais parents, car si la filiation se mesure à l'affection que porte un père à son enfant, à l'amour que lui voue une mère, à la fierté qu'ils ont de le voir grandir, s'épanouir et devenir quelqu'un de digne, quelqu'un de bien, alors nul ne mérite plus que ta mère le nom de « mère » et plus que moi le nom de « père ».

Seulement, tu es aussi la fille de deux autres personnes, deux êtres exceptionnels qui t'ont profondément aimée sans presque jamais t'avoir vue, deux êtres qui ont bravé les absurdités de leurs temps et lutté de toutes leurs forces… de toutes leurs âmes pour que tu vives. Tu es le témoignage de leur amour, mais plus encore, si tant est qu'il existe quelque chose de plus grand, tu es le témoignage d'un combat acharné pour la dignité et contre les croyances obscures. Tu incarnes, ma fille, à toi seule, le vécu de toute une génération.

Ton père, mon ami, aurait été fier de te raconter cette histoire… ton histoire. Il t'aurait tout dit, tout, sans rien omettre, sans aucune honte, sans rien embellir et pourtant l'histoire n'en serait pas moins belle. Il aurait appelé ta mère, et tous deux, enlacés, toi en face d'eux, auraient échangé des regards et des sourires à certains points du récit. Je n'ai aucune peine à imaginer ces moments que la mort, ce grand voleur, a dérobés à la vie, car tu as le regard amusé de ton père et le tranquille sourire de ta mère.

Je suis en vérité bien prétentieux de vouloir t'expliquer, te montrer un amour dont je n'ai perçu que des signes de signes, bien que ceux-ci, aussi infimes soient-ils, m'ont semblé incroyablement grands et je doute, ma fille, que ton père, s'il était là, puisse t'en donner un aperçu, car il y a des

À tous les Balla

MA FILLE

roman

Mouhamadou Falilou Dioum

MA FILLE

roman

10 VDN, Sicap Amitié 3, Lotissement Cité Police, DAKAR

http://www.harmattansenegal.com
senharmattan@gmail.com
senlibrairie@gmail.com

ISBN : 978-2-343-11161-2
EAN : 9782343111612

sentiments auxquels le fait de mettre des mots lèse leur puissance, la sape, l'émousse... l'étouffe.

Il me disait à ce propos avoir l'impression, en présence de ta mère, que les mots constituaient quatre murs oppressants qui, au lieu de lui faciliter l'expression, la contraignaient. Il trouvait fades les mots « belle », « merveilleuse », « incroyable », « charmante »... Ton père finissait alors par se taire, le regard étant parfois plus bavard que la langue.

Pardonne-moi si, moi aussi, enchaîné par les mots, je n'arrive pas à te faire un compte rendu exhaustif de tous les évènements qui ont déterminé ta naissance. Pardonne-moi si, délaissant ton histoire, je te parle de mes propres impressions, de mes sentiments sur les faits parfois magnifiques, parfois terribles, mais toujours riches qui ont précédé ta venue au monde et si, me laissant envahir, par moment, par les émotions, ma voix s'excite ou tremble.

Quel mystère, ma fille, que la mémoire ! Il est étrange qu'avant-hier nous semble plus proche qu'hier et que des évènements qui se sont passés il y a des décennies soient plus vivants que des faits actuels ; que des images lointaines, de vieux visages soient encore si vifs dans nos esprits.

Je me souviens de tout.

Je me souviens de chaque nom, de chaque lieu, des paroles, des rires et des pleurs, des joies et des peines, des espérances et des craintes. Toutes les péripéties de cette époque se jouent interminablement dans mon esprit, telle une bande vidéo qu'il m'est possible de mettre en pause afin d'en décortiquer le moindre détail.

Mes souvenirs me ramènent invariablement à ce jour... ce jour où j'ai quitté mon village pour aller à l'université.

Ils m'entrainent, m'attirent, m'enfoncent vers une image... celle d'une femme s'éloignant dans la brume du matin. Une image floue, pâle, effacée… comme le fut sa vie.

Ma mère avait été mariée à treize ans. Elle fut arrachée de son innocence pour être offerte comme troisième épouse à un homme déjà vieillissant. Elle avait suivi les préparatifs du mariage avec les yeux d'une enfant, d'une enfant trahie par son corps. Elle s'était volontiers, pendant les jours qui ont précédé son départ, laissé coiffer, habiller, pomponner. Elle avait subi avec amusement les longues toilettes que ses tantes lui administraient et apprécié l'agréable odeur du karité dont sa mère lui enduisait entièrement le corps chaque nuit. Pour la première fois de sa jeune existence, elle était l'objet de toutes les attentions, enfin elle comptait, enfin elle importait, c'était enfin elle.

Une nuit, à la fin des cérémonies, elle avait été installée sur une charrette qui l'emporta vers un destin aussi sombre que le cheval qui la tirait. Elle était arrivée au village après un jour de voyage, exténuée, sous les cris et les chants des femmes. Elle fut présentée à un homme beaucoup plus âgé que son père… qui la scrutait… âprement. C'était son mari. Lui plaisait-il ? Qu'en savait-elle ?

Comprenait-elle seulement l'idée du désir, de l'attirance physique, de l'amour charnel… les implications du mariage ? Elle n'était nullement effrayée, réconfortée par la présence d'une partie de sa famille. Mais vint l'heure précipitée du retour, pas du sien malheureusement.

L'homme réclamait de l'intimité. Il décréta qu'il ne toucherait pas sa nouvelle épouse tant que sa belle-famille serait sur les lieux. Sa sœur, ses tantes et ses cousines partirent donc discrètement, la laissant désemparée, seule dans sa case. L'homme vint l'y trouver au milieu de la nuit. Elle s'enfuit à l'aube.

Une douleur lancinante et profonde marquait chacun de ses pas. L'ardent soleil d'Afrique brûlait violemment son corps noir, partiellement recouvert par un pagne blanc maculé de sang. Elle marchait pieds nus… Les épines lacéraient sa peau… Mais elle avançait. Sa bouche s'était tarie, son nez irrité, ses lèvres asséchées… elle ne retrouvait qu'approximativement son chemin… Mais elle avançait. Elle faisait là, pour la première fois, montre de cette magnifique détermination qui régira sa vie entière. Elle atteignit péniblement son village et s'évanouit devant la case de sa mère, croyant être libérée de ses peines.

Jeune fille ! Ne sais-tu pas que tu es revenue différente ? Ne vois-tu pas que ta valeur s'est perdue sur le pagne que tu portes ?

Oui, ma fille, la valeur d'une femme se mesurait à l'aune de la solidité d'une membrane.

Son père n'attendit pas qu'elle se réveillât. Il la tira de son lourd sommeil… lui enjoignît de retourner chez son mari, chez elle. Elle refusa. Il essaya de la soulever. Elle se débattit. Il l'attacha, la chargea sur la charrette, la transporta et la déchargea au pied de l'homme qui rouspétait à la reprendre.

Là, joue contre terre, ligotée, baignant dans la poussière rouge, abandonnée aux regards satisfaits de ses coépouses, elle passa du statut d'enfant à celui de femme mûre.

Elle accepta son sort à défaut d'en avoir d'autre. Elle se fit la chose d'un homme qu'elle était désormais certaine de ne pas aimer. Elle intégra le fétide jeu d'un harem dont le seul prix était celui de la meilleure esclave. Elle fit ce que font beaucoup de femmes… n'attendant plus rien de la vie.

Mais une corde lui fut envoyée du fond du gouffre. Son ventre s'arrondissait gracieusement. On lui dit qu'elle était enceinte. Elle n'attendait plus rien de sa vie et voilà qu'une autre lui était offerte. Un nouveau souffle venait revigorer son feu faiblissant, un nouvel être venait stimuler sa morne existence. Elle se raccrocha à cet enfant… son enfant... son compagnon. Ce n'était pas celui de l'homme, mais le sien. Elle l'avait conçu seule. Il était à elle seule.

Elle avait courageusement supporté la souffrance qui s'accroissait mois après mois, mais il devenait de plus en plus évident que l'accouchement serait compliqué. Elle avait peut-être l'esprit d'une femme, mais son corps, une nouvelle fois, la trahissait, lui rappelant sournoisement qu'elle-même était une enfant. La douleur l'avait assommée durant le travail et à son réveil, l'enfant était mort. C'était une fille. Elle avait à peine vécu. Ma mère, elle, avait à peine quatorze ans.

Elle accueillit sa seconde grossesse avec le même bonheur, mais hélas, avec la même douleur. Elle ne s'évanouit pas cette fois-là. L'enfant sortit, cria... C'était encore une fille. La matrone la lui donna. Elle la posa sur sa poitrine. L'enfant s'endormit... et ne se réveilla plus.

Après ces deux pertes, le village commençait à jacasser. Sa fuite revenait dans les mémoires. Punition divine, disait-on. Quand on fout la honte à son mari au vu et au su de tous, on ne pouvait s'attendre qu'à ce que cela se répercute sur ses enfants. Or ma mère, disait-on, avait horriblement humilié l'homme. La punition devait donc être proportionnelle au crime. C'est-à-dire horrible.

Ces paroles, guère dissimulées, la touchaient intimement. Elle dilapida le peu qu'elle possédait chez des marabouts qui lui promettaient, à coup de gris-gris et d'étranges liqueurs que l'enfant survivrait la prochaine fois. Elle était devenue mystique et de plus en plus suspicieuse. Les talismans que lui donnaient les charlatans et qui recouvraient maintenant presque entièrement son corps s'accompagnaient le plus souvent de mises en garde contre des personnes qui œuvreraient dans l'ombre pour tuer ses enfants : « Celle-là au teint clair, celle-là au teint noir, elle te veut du mal. » Et ces personnes étaient souvent celles qui étaient les plus proches d'elles, celles qui tenaient peut-être sincèrement à elle… celles qui ne lui auraient probablement jamais fait aucun mal. À la longue, elle n'avait plus d'amies et vivait dans la solitude totale.

Elle connut sa troisième grossesse à seize ans. Les marabouts jurèrent, contre quelques tissus et pièces d'argent, que l'enfant vivrait cent ans. Elle les avait crus. Elle y avait cru. Elle avait espéré d'autant plus qu'elle ne ressentait pas la douleur des grossesses antérieures. L'accouchement débuta... L'enfant sortit sans peine... Elle rencontra cependant le regard de la matrone... elle comprit... un mort-né.

Elle se précipita dehors, tenant son fils sans vie… toujours relié à elle par le cordon ombilical. Poursuivie par une trainée de sang, dans la chaleur étouffante de la nuit, elle se laissa lourdement tomber par terre et, présentant le jeune cadavre au Ciel, puisa des tréfonds de son être un cri terrible, glaçant d'effroi les cœurs des hommes les plus intrépides du village.

Elle inspirait désormais la peur. Le cri n'était sûrement pas humain. D'aucuns affirmaient que c'était celui d'une hyène, d'autres juraient que c'était celui d'une lionne. D'autres encore doutaient même que ce soit un animal et assuraient que le diable n'aurait pas fait autrement. On la fuyait. Les mères rentraient hâtivement leurs enfants lorsqu'elles la voyaient approcher. On évitait de trainer autour de sa case passé le crépuscule. On trouvait des explications à la mort de sa progéniture. Dieu ne pouvait permettre que vécussent ces ignobles créatures, viles mixtures entre l'homme et le démon.

On la rejetait et cela lui convenait. Elle passait ses journées dans sa case, délivrée de toute activité domestique, s'abandonnant à la fin qu'elle espérait proche. Sa solitude n'était dérangée que par les sporadiques assauts de l'homme, car malgré tous ses malheurs, elle était toujours restée... est toujours restée belle. L'homme devenait sénile. Repousser ses attaques était aisé, mais elle ne trouvait pas la force de se défendre…

Elle vécut sa quatrième grossesse à dix-huit ans. Celle-ci fut la plus pénible de toutes. Non pas en termes de souffrance physique, mais sa foi s'était égarée dans les méandres de la vie. Et tout est tellement plus dur sans foi, ma fille. Elle attendait impatiemment le jour de la délivrance. Jour où cet être qu'elle portait malgré elle repartirait dans le néant d'où il avait surgi, jour où elle pourrait continuer sa terne, mais tranquille existence.

Cette nuit, sentant le moment venir, elle prit le chemin qui menait aux bois et là, dans les ténèbres, au milieu des arbres tortueux, elle cria seule, elle souffrit seule, elle poussa seule, elle coupa seule le cordon. Seule, elle me mit au monde.

J'étais fragile… ma respiration difficile. Elle m'enveloppa dans un pagne qu'elle avait emporté et s'endormit, vidée. À l'aube, je ne faisais pas de bruit. Convaincue que je n'avais pas survécu à la nuit, elle commença à creuser une petite tombe. Au moment de m'y mettre, elle voulut me regarder une dernière fois. Elle releva le pagne... Nos yeux se croisèrent... Elle comprit. Elle comprit que ma faiblesse n'était qu'apparente. Elle comprit que j'étais coriace comme elle. Elle comprit que je survivrais.

J'ai toujours ressenti cette étrange communion qu'il y avait entre nous, tellement au-delà du lien, naturellement fort, qui unit toute mère à son enfant. Ce matin-là, arrosés par la lumière naissante du jour, s'est développée en nous cette sensation d'être au ban de la société et que notre unique échappatoire était de créer notre monde, un monde auquel nous serions les seuls à accéder… dont nous serions les seuls à connaitre les lois.

Quand nous rentrâmes au village, nul ne s'était rendu compte de sa disparition. Elle alla directement dans sa case, me coucha sur la natte et nous nous endormîmes encore.

Ma naissance ne changea pas fondamentalement sa réputation... Les réputations sont réputées pour être tenaces. Quelque chose changea cependant.

Juste un mois après ma naissance, l'homme revint. Ma mère refusa. Il essaya de la forcer. Se dégageant magnifiquement, avec une prodigieuse assurance, elle tendit son index vers lui, l'air menaçant, et lui hurla : « Va-t'en ! Misérable ver de terre, pitoyable vieillard... Il n'y a plus rien pour toi ici. Je jure que si tu oses m'effleurer encore, mon fils viendra t'égorger cette nuit. »

L'homme me regarda. Je le regardai fixement. Il sortit... et ne revint plus.

Cette histoire, je l'ai toujours connue. Ma mère me la racontait chaque nuit, dans notre case, sous la lumière vacillante d'une lampe à huile. « Souviens-toi mon fils, concluait-elle. Souviens-toi de qui tu es. Souviens-toi d'où tu viens. Souviens-toi de nous... Mon fils, souviens-toi de moi. »

C'est ma mère qui a fait de moi ce que je suis, c'est d'elle que j'ai puisé ma force.

C'est d'elle, ma fille, que j'ai appris le courage. Non pas ce courage passif qu'on accepte de concéder à votre sexe, mais le courage dans tout ce qu'il peut y avoir comme dimensions. Le courage de défendre férocement ceux qu'on aime, le courage de souffrir en silence, le courage de travailler sans qu'aucune plainte ne sorte de la bouche... Le courage, le courage à l'état pur.

C'est d'elle, ma fille, que j'ai appris la dignité. Cette dignité qui subsiste même lorsque l'on est privé de tout, qui empêche d'aller quémander un grain de mil même lorsque l'on a le ventre vide, cette dignité qui réussit à embellir la pauvreté.

Je n'étais peut-être pas particulièrement brillant, mais le courage et la dignité m'ont permis d'être toujours parmi les meilleurs à l'école.

Tu te rends bien compte que dans nos villages, il n'y avait jamais personne pour te dire d'aller apprendre tes leçons. Ce qui fait que la plupart des enfants abandonnaient la dureté des bancs d'école pour l'immense terrain de jeu que constituaient les champs d'arachides dès qu'ils le pouvaient. Ils y étaient d'ailleurs souvent encouragés par leurs parents qui ne trouvaient aucune utilité à ce que leurs enfants sachent faire des gribouillages sur du papier.

Bien entendu, ma mère était incapable, elle aussi, de m'obliger à faire mes devoirs puisqu'elle-même n'avait jamais reçu d'enseignement formel, mais à chaque fois que j'ouvrais un cahier ou un livre, intriguée, elle venait s'assoir à mes côtés, y plongeait un regard curieux et riait de mes balbutiements en français.

J'obtins mon baccalauréat avec un sentiment partagé. Sentiment de fierté pour avoir réussi haut la main, avec mention. Sentiment, surtout, d'avoir trahi. Pourtant, quand je lui expliquais que je devrais quitter le village pour aller m'installer à Dakar, pendant au moins plusieurs mois, elle m'ordonna de partir.

Je ne l'ai jamais trouvée aussi active que pendant les jours qui ont précédé mon départ. Malgré mes remontrances, elle lava mes habits, raccommoda mes chaussures, prépara minutieusement mes bagages... Elle me remit de l'argent la veille, je refusai… lui demandai où est-ce qu'elle l'avait trouvé. Elle me les fourra dans la poche avec cette détermination qui ne souffrait d'aucune opposition. Je sus par la suite qu'elle avait vendu la totalité de ses biens.

Le matin de mon départ, elle prit avec moi le long chemin qui menait à la route nationale et nous attendîmes, seuls sur la voie déserte, seuls comme pendant cette lointaine nuit dans les bois, l'arrivée du bus. À son arrivée, elle m'acheta des provisions de voyage et m'étreignit longuement. Je montai... Le bus démarra... Je me retournai... Elle était encore là... Je lui fis signe de la main... Elle me sourit... C'était la dernière fois que je la voyais.

Tu te demandes, ma fille, pourquoi je te raconte tout cela... moi qui suis censé retracer ton histoire. Y a-t-il une moindre raison à ce que je te parle de ma mère ? De mon village ? De ma naissance ? Ces faits sont-ils d'un quelconque intérêt pour le récit que je m'apprête à faire ? J'en doute.

Tout ceci ne serait-il donc qu'un prétexte ? Ne chercherais-je qu'un artifice pour satisfaire les envies de radotage d'un homme grisonnant ? Ferais-tu les frais, ma fille, des prémisses d'une vieillesse précoce ? Je ne saurais t'en rassurer.

Je n'obéis peut-être là qu'à un sentiment vieux comme le monde : l'égocentrisme. Je ne fais peut-être là que tomber dans le travers le plus inhérent à l'Homme, c'est-à-dire, ma fille, son incapacité à rapporter autre chose que ce qui lui est propre, à quitter le confort et les certitudes du « Je », à aller au-delà du « Moi » pour se plonger dans l'abime que constituent le « Toi », le « Lui », le « Vous » ou même le « Nous ».

Souffre donc, souffre donc ma fille, que j'intercale, parfois, entre deux lignes d'une page de ton livre, des caractères qui me sont singuliers...

Après tout, j'aime à croire que la puissance du lien qui nous unit est telle qu'en quelque sorte, mon histoire se confond avec la tienne...

TON PÈRE

Il m'était déjà arrivé de sortir de mon village pour aller au lycée, mais jamais encore je n'avais mis les pieds hors de mon département, lequel, je dois dire ne s'en distinguait pas trop. J'avais toute ma vie eu le sentiment de ne pas y être à ma place, d'y être un étranger, un incompris. Je n'aimais pas les travaux des champs, l'odeur des buissons ou le défilé des agriculteurs rentrant au crépuscule. Je ne trouvais alors rien de poétique dans le bruit sourd et parfois surnaturel des coups de pilon matinaux, dans la chaste et partielle nudité des femmes, dans les formes évocatrices des cases...

Je trouvais dissonants le chant des coqs, le piaillement des poussins, le bêlement des chèvres, le nasillement des canards, le bourdonnement des abeilles. J'exécrais les ricanements lointains et moqueurs des hyènes. Mise à part la culpabilité que représentait le fait de laisser ma mère derrière les lignes ennemies, je pensais que le jour de mon départ de ces lieux malsains allait être une heureuse libération.

Cependant, dans ce bus qui m'éloignait de ce que je me figurais comme étant l'horreur, seul me vint à l'esprit cet extrait d'un haïku de Basho que j'avais glané par hasard au cours de mes lectures :

Souvent haïssable

est le corbeau - et pourtant

ce matin de neige…

Je regardais défiler les paysages bigarrés, mais, rétrospectivement, tellement attachants qu'offrait l'intérieur du Sénégal. Attachants, mais également révélateurs de la marche hachée du pays vers la toute convoitée « émergence »... Des cases en paille d'où sortaient des enfants nus poursuivis par leurs mères, une école, la savane, la savane, une maison en brique, une grande maison moderne, une petite ville, la savane, des cases, la savane...

Se détachait cependant, par moment, la silhouette acrobatique d'un baobab millénaire, voûté par sa masse et semblant implorer le ciel de le libérer de la compagnie des acariâtres acacias et des envahissantes albizzias.

J'avais l'occasion de contempler à l'envi le décor puisque le bus s'arrêtait à tout bout de champ pour des raisons aussi diverses que puériles et au grand dam des passagers qui proféraient les pires insanités au chauffeur et à l'apprenti… parfois à leurs ancêtres. Ce qui ne semblait d'ailleurs pas beaucoup affecter les concernés qui continuaient à conduire le véhicule avec la même nonchalance. Le voyage qui devait durer au maximum six heures s'étira finalement à neuf.

Nous arrivâmes à Dakar le soir, juste avant le crépuscule. Les gens, fatigués, s'étaient tus en se rendant compte que leurs invectives n'avaient aucun effet. Nous traversâmes en silence les premières usines, les vieilles maisons de l'époque coloniale de Rufisque... et empruntâmes la toute nouvelle autoroute à péage.

Dakar était le Sénégal. Les financements pour les travaux de construction et les « grands chantiers » s'épuisaient apparemment aux portes de la capitale. Le nombre de ministères, d'agences, de banques, d'entreprises, d'écoles de formation présents à Dakar contrastait fortement avec le désert institutionnel et infrastructurel que présentaient les autres régions.

Un autre contraste, engendrant ou découlant de la première, je ne sais pas, était le fort peuplement de Dakar. Bien qu'étant la plus petite des quatorze régions, elle faisait peut-être moins de six cents kilomètres carrés, Dakar comptait plus de trois millions d'habitants avec une densité d'environ six mille habitants par kilomètre carré alors que ce chiffre ne dépassait pas neuf dans les régions orientales.

Les inégalités se retrouvaient à l'intérieur même de la capitale, entre les banlieues, pauvres, sales, crasseuses, éternellement inondées et le centre-ville, relativement cossu et propret. Il faut dire que ce dernier disposait d'un grand avantage ; sa proximité avec l'aéroport obligeait les autorités à entreprendre un minimum de travaux pour que les gros bailleurs puissent voir où passait leur argent.

Et puis toutes les pontes du gouvernement, toutes les personnes disposant du moindre pouvoir de décision étant confortablement installés en plein centre-ville, dans leurs énormes villas des Almadies, Dakar Plateau, Fann... il fallait bien qu'ils songent, en premier, à broder leur habitat. Ne dit-on pas que charité bien ordonnée, commence par soi-même ?... Bien que dans le cas de ces respectables messieurs, l'argent de ladite charité ne leur appartenait pas.

Cependant, quel qu'effort qui fut fait pour maintenir les faux-semblants, il y avait une chose que l'on ne pouvait cacher et qui révélait à elle seule les profondes contradictions de la société sénégalaise : le pénible spectacle de la mendicité des enfants.

On était loin de la pratique lourde de significations sublimée par Cheikh Hamidou Kane, on était loin de l'initiation à l'humilité du jeune Samba Diallo et de ses petits camarades... Ce qui se passait dans les rues de Dakar était simplement insensé ; un non-sens couvert pendant longtemps par l'hypocrisie et la mauvaise foi.

De très jeunes enfants, parfois moins de trois ans, portés par leurs guenilles, la peau grouillante de plaies qui n'étaient recouvertes que par la crasse graisseuse qui enduisait leur corps, assiégeaient la ville, à l'aube, sous les ordres de criminels paresseux qui se disaient marabouts ou de leurs propres parents parfois.

Ils arpentaient jusqu'à des heures tardives, seuls, entièrement abandonnés à la volonté de tout individu leur promettant un peu de menue monnaie, les endroits les plus malfamés de la capitale. Leurs périples pouvaient parfois les mener à des lieux fort éloignés de leurs points de départ et il n'était pas rare, vu leur extrême jeunesse, qu'ils se perdent dans les arcanes de la ville. Ils passaient alors la nuit au bord des routes ou dans les marchés, au milieu d'une large variété de déséquilibrés.

L'inaction avait été pendant longtemps justifiée par le fait que la plupart de ces « talibés » venaient des pays frontaliers et que, par conséquent, le problème n'était pas véritablement sénégalais. Maigre consolation ! La souffrance a-t-elle une nationalité ? La compassion en a-t-elle ? Un enfant en a-t-il ? Quelle fierté un peuple peut-il bien tirer de l'abandon d'un enfant, quelle que soit son origine ? En quoi la vue des tourments d'un enfant malien est-elle plus supportable que celle d'un enfant sénégalais ?

Un autre argument en faveur du maintien des enfants dans la rue était d'ordre socioculturel. Beaucoup de

Sénégalais de la génération de quarante ans et plus avaient fréquenté dans leur jeunesse les « daaras », avaient mendié leur pitance et considéraient qu'ils s'en étaient pourtant bien sortis. Ils regardaient d'un mauvais œil la lutte qui commençait à s'organiser, l'attribuant à une énième tentative de déculturation et de croisade, le tout sous l'éternelle houlette judéo-occidentale. Mais ils oubliaient, hélas, le radical changement de contexte qui s'était effectué.

À leur époque, l'apprentissage coranique constituait la raison d'être des « daaras » et leurs précepteurs ne vivaient que pour la transmission de l'enseignement divin. Ces « daaras », assimilables à des internats, étaient implantés en pleine brousse ou aux abords des villages où les jeunes enfants allaient, après la restitution du matin, apprendre le socle de l'Islam, la soumission, en mendiant leur nourriture.

Maintenant, la raison d'être de ces « daaras » très citadins était la mendicité et l'apprentissage du Coran y était amplement facultatif. Les précepteurs étaient de purs néo-esclavagistes. Il ne se passait pas un mois sans qu'on entende qu'un enfant avait péri sous leurs coups.

Les braves gens, devant un « talibé » extrêmement jeune, hâve, souffreteux, se trouvaient confrontés à un dilemme : Que faire ?

Donner et être sûr de le retrouver sur place le lendemain ? Donner et financer le souper d'un gueux fainéant qui, pendant ce temps, se prélassait quelque part sur sa natte ?

Ne pas donner ? Ne pas donner et prendre le risque que cet enfant, cet enfant qui ressemble vaguement à son fils, à son petit-fils, à son frère, à son neveu, aille encore dormir le ventre creux ?

Le cœur du Sénégalais est sensible. Il choisissait la première option. Comment lui en vouloir ?

Seul l'État pouvait réellement remédier à cela. Mais ses coups d'épée, la plupart dans le vide, étaient tellement désordonnés qu'ils ne servaient qu'à égayer l'assemblée.

Tu te doutes bien, ma fille, que j'ignorais tout de cette situation, en ce mois de décembre de 2013, dans le bus, fasciné que j'étais par ma capitale.

Je descendis à Colobane et demandai la direction de l'université que l'on m'indiqua. Bien qu'étant chargé de bagages de toutes sortes, je me refusai à prendre un taxi. J'avais entendu dire qu'ils étaient réservés aux nantis... Je pris donc un de ces fameux cars en commun qui pullulaient alors dans Dakar et qui étaient responsables de la plupart des accidents... Il me déposa tant bien que mal à la porte de l'université.

L'université Cheikh Anta Diop de Dakar gardait à l'époque, peu de son prestige passé. Elle avait été créée en 1957, dans le lignage de l'École de médecine de l'Afrique occidentale française, sous l'ère coloniale, et avait été implantée à Dakar parce que Dakar était la capitale de l'AOF. Ses origines ne sont donc pas spécifiquement sénégalaises même si le Sénégal devait prendre son indépendance trois années plus tard. Lors de son inauguration en 1958, elle s'appelait simplement université de Dakar. Ce n'est qu'en 1987 qu'est intervenu le changement de nomination. Elle avait formé la plupart des cadres africains parmi lesquels on pouvait compter, les présidents du Sénégal, du Mali, du Bénin...

Le mythe de l'excellence avait commencé à se dissiper lentement mais sûrement. Tu me planterais là, ma fille, si je devais énumérer tous les maux qui gangrénaient, pas seulement l'UCAD, mais l'université sénégalaise à cette époque. Les trois protagonistes qu'étaient l'État, les enseignants et les étudiants se renvoyaient mutuellement la responsabilité d'une situation qui, en réalité, leur était tous imputable.

Les professeurs réclamaient à l'État, en tant que très importants hauts fonctionnaires, toujours de nouvelles faveurs et de nouveaux droits. Ils voulaient des titres, ils voulaient de bonnes retraites, ils voulaient des primes spéciales, ils voulaient des évacuations médicales à l'étranger, ils voulaient... quitte à faire des grèves illimitées pour arriver à leurs fins.

L'État arguait avoir d'autres préoccupations que les revendications des enseignants et que ces derniers devaient être encore heureux de toucher des salaires dans un pays où la majorité des gens tuerait pour l'avoir. C'était vrai. Les enseignants répliquaient que si l'État n'était motivé que par des considérations budgétaires, le salaire des députés, dont l'utilité restait encore à démontrer, n'aurait pas été si gracieusement augmenté. Ce n'était pas faux. L'État trouvait le temps de polémiquer en déclarant qu'il avait fait bien des efforts, mais que la satiété était une notion qui échappait aux professeurs, aussi érudits soient-ils.

On chicanait, on chipotait, on discutaillait, on entrait dans des négociations *ad vitam æternam,* on pinçait les cadavres... pendant que les étudiants, les futurs dirigeants, étaient les dindons de toute cette farce.

Cependant, quand enfin l'État et les enseignants signaient une trêve, quand enfin les professeurs acceptaient de revenir dans les amphithéâtres, c'était ce moment-là que choisissaient les futurs dirigeants pour se lever et monter eux aussi leur plateforme revendicative. Il y avait bien sûr l'ossature de toute revendication de l'étudiant sénégalais, c'est-à-dire l'attribution et surtout le paiement des bourses, et d'autres exigences que l'on glanait sur le tas et qui ne nécessitaient pas d'aller chercher très loin : manque de logements, manque d'eau, manque de matelas, manque de bus, restaurants insalubres...

Ces doléances étaient, malgré tout, légitimes, mais l'État mettait un point d'honneur à attendre que les étudiants barrent les routes, cassent les bus et affrontent, parfois tragiquement, les forces de l'ordre pour réagir. Peut-être aussi se disait-il qu'il n'est pas judicieux d'être trop prompt à satisfaire les étudiants parce que de toute façon, ils reviendraient toujours avec de nouvelles sollicitations.

La situation à Dakar était cependant particulièrement désastreuse. L'université était arrivée à son point de saturation depuis longtemps et pourtant, les flots d'étudiants continuaient à s'y déverser chaque année. Le Sénégal commençait à payer non pas son fort taux de natalité, qui après tout nous a été bénéfique, mais le manque de préparation et de prévoyance des autorités qui s'étaient succédé à la tête du pays. De nouvelles universités avaient bien été construites ailleurs, mais à part celle de Saint-Louis, aucune n'en méritait réellement le nom.

Or Saint-Louis voulait encore conserver à l'époque un semblant d'excellence et triait sur le volet. Les étudiants ne voulaient pas des autres universités. Il ne restait alors que l'UCAD, d'autant plus que nous autres ruraux étions attirés par les lumières de la ville.

La surabondance d'étudiants se faisait sentir partout. Les chambres étaient surchargées ; on pouvait facilement atteindre neuf ou dix étudiants dans une pièce d'à peine dix mètres carrés... Et il fallait se lever tôt. Il fallait se lever tôt pour prendre son bain, plus tôt encore si le besoin était de nature plus pressante... Il fallait se lever tôt pour ne pas être coincé dans les interminables rangs des restaurants universitaires... Il fallait se lever tôt pour avoir une place dans les amphithéâtres... Seules les listes d'admission aux classes supérieures n'étaient pas surchargées. Le taux d'échec se trouvait à un niveau impressionnant.

Le mécontentement des étudiants de Dakar se trouvait perpétuellement à son comble. Leur colère était exacerbée par les opposants politiques qui comprenaient parfaitement que cette masse de jeunes esprits, en plus de constituer un électorat conséquent et influençant, avait, du fait de son implantation au cœur de la capitale, un pouvoir de pression terrible sur le gouvernement dès lors que l'on savait la manipuler.

Et quelle meilleure manipulation que la flatterie, la flagornerie, la feinte compassion, la fausse compréhension... La vérité, c'est qu'aucun des enfants des politiciens un tantinet importants, qu'ils soient du pouvoir ou de l'opposition, n'était avec nous, ne vivait avec nous, n'étudiait avec nous, ne souffrait avec nous.

Je me rappelle, ma fille, qu'une fois, le pouvoir en place, ayant fait le même calcul que ses adversaires, avait décidé d'organiser une petite visite du Président à l'université, histoire de participer aux caresses. Malheureusement, le moment était inopportun parce que les étudiants, pour une raison que j'ai oubliée, nageaient une fois de plus dans l'amertume. La visite avait été dramatiquement écourtée.

Si les gens, par ailleurs probablement très compétents, du staff présidentiel avaient pris la peine de demander l'avis de nos amis ivoiriens avant d'entreprendre ce périple, ils leur auraient certainement répondu avec leur franchise imagée : « C'est pas nivaquine on prend pour faire bonbon ».

Une solution aurait peut-être été de mettre en place une sélection rigoureuse à l'entrée, mais cela semblait impensable. Dans la tête de la majorité de la population, le baccalauréat constituait de fait un droit d'entrée à l'université et il arrivait même que l'État admette à ses frais le trop-plein d'étudiants dans des universités privées ; ce qui n'était pas soutenable vu que les coûts de scolarité n'y étaient pas donnés.

On essayait également parfois de durcir les épreuves du baccalauréat, histoire de contenir un peu la marée, mais quel intérêt y avait-il, en fin de compte, à priver les jeunes d'un diplôme essentiel pour l'accès à l'emploi et qui faisait, par ailleurs, tellement joli dans les indicateurs de développement, si chers, à l'époque, au gouvernement de l'émergence ?

J'arrivai à un moment où les professeurs étaient en grève, où les résultats du premier semestre de l'année précédente n'étaient pas encore sortis et où les bourses n'avaient pas été payées. Pour toutes ces raisons, les étudiants étaient sortis, le matin, pour aller au front, la gendarmerie s'en était mêlée et les projectiles avaient fusé ; grenades pour les uns, pierres et cailloux pour les autres. Je traversai, troublé, l'allée principale, pavée de gravats et de débris de toutes sortes, reliefs de la bataille, forcément inégale, qui s'y était déroulée plus tôt.

Je ne connaissais personne à l'université. Bien évidemment, il y avait sûrement des anciens de mon lycée, mais ma nature taciturne et casanière m'avait toujours empêché d'avoir des amis et je me rendais véritablement compte que j'étais venu sur un coup de tête. Ma timidité m'interdisait de demander quoi que ce soit d'autant plus que, assis sur un banc aux abords de l'allée principale, je commençais à percevoir les premières railleries. Il est vrai, ma fille, que je ne t'ai encore précisé ni la composition de mes bagages ni la nature de mon accoutrement.

Ma mère, s'inquiétant de la qualité de mon alimentation, avait jugé utile de me flanquer d'un bol noirci par l'usage, d'un énorme plat tout aussi usé, d'un mortier et d'un pilon, d'une calebasse et quantité d'autres ustensiles qu'elle avait emballés, tant bien que mal, dans un pagne multicolore dont la forme extravagante laissait deviner le contenu. Elle avait entassé mes vêtements, nombreux, mais complètement ternis par les multiples lessives, dans un énorme sac en plastique bleu dont les innombrables trous laissaient irrémédiablement passer des bouts de tissus.

Elle m'avait remis un bidon d'eau que le marabout avait dû ennuyeusement puiser du fond d'un marigot au cours de ses pérégrinations, et dont je devais m'enduire le corps tous les matins afin de chasser mauvais œil et mauvaise langue. Elle avait enfin choisi un boubou adapté pour la route, c'est-à-dire le plus flétri parmi mes vêtements flétris et que le voyage devait davantage flétrir. Je dois t'avouer, ma fille, que je n'étais pas très fringant.

Tu ne le sais peut-être pas, vu le dialecte qui tient plus de l'anglais qu'autre chose que vous parlez maintenant, mais la langue wolof pure ne connait pas certains sons comme le « J », le « U » ou encore le « V »... et accepte difficilement le « Z ». L'esclavagiste ensuite colonisateur français étant venu et ayant imposé sa langue dans tous les aspects de la vie, il avait bien fallu que les langues locales s'adaptent aux « jejeuries » si elles voulaient toujours exister. Ces sons étaient d'ailleurs rapidement assimilés après quelques instructions, mais pour ceux qui n'avaient pas fréquenté l'école, l'exercice n'était pas toujours évident. C'est ainsi qu'en wolof, voiture devenait « weutiir », sous-vêtement « siletma », cachot « casso »... et puisque la plupart des non-instruits habitaient le monde rural, la capacité à prononcer ces sons servait, de manière plus ou moins exacte, à déterminer l'origine de la personne. Et il était clair, d'après mon apparence, que je venais du village.

– Alors, me lançait-on, entre deux rires difficilement étouffés, quelles nouvelles apportes-tu du « wilass » ? J'espère que le « woyass » s'est bien passé et que tes « bagass » ne t'ont pas trop encombré.

Je compris bien plus tard que leur hilarité excessive était due à la pernicieuse polysémie du terme « bagass ». J'avais encore droit à des quolibets du type...

– Je vois que tu es bien équipé mon gars... Viens vite que je t'héberge. Tu trouveras sûrement le moyen de nous concocter quelques délicieux mets, histoire de nous soulager des insipides plats du restaurant.

Cependant, rien ne m'affectait plus que les regards entendus des filles et leurs chuchotements narquois terminés par des pouffements à peine dissimulés. Le roulement de « r » était en vogue et ces jolies demoiselles s'écorchaient la langue à force de vouloir étirer le plus longuement possible cette consonne.

– Mais sérrrieux..., parvenaient elles à dire, le reste s'enfouissant dans leurs esclaffements.

Là, effondré sur ce terrible banc, exposé aux moqueries et à la dérision peut-être innocentes, mais tout de même blessantes, le village, malgré tous ses défauts, commençait à me manquer. J'étais à deux doigts de prendre ce qu'il me restait comme dignité et d'y retourner précipitamment quand, soudain, j'entendis une voix très proche, basse, mais parfaitement intelligible. C'était ton père, ma fille.

Il s'était assis sans que je ne m'en rende compte.

– Bonsoir mon ami, tu es installé ici depuis longtemps dis-donc. Tu es nouveau bachelier ?

Je hochais la tête.

– Et tu connais quelqu'un ? Tu as où passer la nuit ?

– Non, je ne connais personne, répondis-je.

Il n'hésita pas.

– Tu passeras au moins cette nuit dans notre chambre. Nous y sommes déjà six, mais il y aura toujours de la place pour un septième.

Il se leva en prenant le sac, je ramassai le reste de mes affaires et le suivis.

– Comment t'appelles-tu mon ami ? D'où viens-tu ? demanda-t-il en ralentissant le pas en voyant que mes ustensiles gênaient ma progression.

– Youssouf, je viens du village de Ndiakhatt, réussis-je à formuler.

– C'est bien Youssouf, je m'appelle Balla. Toutes mes félicitations pour avoir réussi le BAC ! J'ai entendu dire que ça avait été assez dur cette année. Tu étais en série littéraire ou scientifique ?

– Littéraire, lui répondis-je. J'ai été admis en faculté de lettres et sciences humaines.

– Ha, fit-il, je ne te serais donc d'aucune utilité côté pédagogique. Je suis en faculté de sciences et techniques, mais tu trouveras une personne dans la chambre qui est dans la même faculté que toi. Elle t'informera sur les procédures d'inscription...

Voyant que je ne disais rien, il poursuivit.

– En tout cas, bienvenue à l'université. Tu découvriras, sous peu, des gens venant d'endroits divers, de cultures différentes, d'aspects différents, de mentalités différentes, de nationalités différentes. Tu seras peut-être surpris par leurs attitudes, leurs comportements te paraitront quelque peu étranges, mais choisis toujours de ne garder, au dedans de toi, que le meilleur de chacun. Tu verras que la vie en société est difficile. La zizanie, contrairement à ce que l'on croit, ne flotte pas dans l'air. Elle est en nous... Elle est ancrée en nous, endormie. Elle se réveille dans les moments les plus saugrenus et nous susurre insidieusement : « Regarde comme il parle », « Regarde comme il marche », « Regarde comme il est ». Ce qui nous détermine, ce qui fait de nous des hommes bien ou mauvais, tolérants ou pas, réside dans notre volonté ou non à étouffer cette voix.

Ce ne fut nullement dit sur un ton de donneur de leçons. Il aurait suffi, ma fille, que tu entendes le timbre de sa voix et l'humilité qui s'en dégageait pour t'en convaincre. Il n'avait que trois années de plus que moi et pourtant, à chaque fois qu'il parlait, j'écoutais... et j'eus maintes fois l'occasion de remarquer qu'il produisait le même effet sur tous ceux qui l'entouraient.

Ton père était ainsi, doué d'une aura naturelle... pourvu d'une bonté spontanée... Il était ainsi ton père, ma fille.

J'ai par la suite, plusieurs fois repensé à cette nuit et à cette rencontre. À chaque fois, je ne peux, dans mes conclusions que croire au destin.

En effet, est-ce seulement raisonnable de croire que si le bus était arrivé un peu plus tôt ou un peu plus tard, je n'aurais jamais connu tes parents ? Que, par leur entremise, je n'aurais jamais connu l'amour de ma vie ? Que je ne t'aurais, toi, ma fille... jamais connue ? Et si je m'étais assis sur un autre banc ? Si ton père était passé par une autre allée... cet autre « moi » qui en résulterait, que serait-il devenu ? Où serait-il ? Que ferait-il sans toi ?

Nos vies, nos croyances, nos identités sont-elles donc si fragiles qu'une minute suffise à les dissiper ?

Non. C'est absurde !

Je devais te connaitre. Et je sais, je sais ma fille, que même si le monde s'était écroulé en ce moment-là, tu serais tout de même ici, aujourd'hui, en face de moi, écoutant ces mêmes paroles.

La chambre

Il semble, ma fille, que l'esprit de partage soit inversement proportionnel avec la possession. Que de fois ai-je vu des gens dans le dénuement complet partager allègrement leur peu de biens ! Que de fois ai-je vu des gens opulents user de mille stratagèmes pour ne pas avoir à partager un centime ou pour en gagner un de plus !

La misère contraint peut-être à l'altruisme, mais dans ce cas, c'est le pécule qui révèle l'égoïsme. L'Homme ne nait donc pas égoïste, il le devient par la malsaine action de la richesse qu'il accumule. Les pères fondateurs de l'économie libérale se seraient-ils trompés ? Le modèle de l'individu Roi, de l'individu centre du monde, du tout individu ne serait-il qu'une stérile fumisterie ?

Un étudiant est naturellement pauvre. Un étudiant dans un pays pauvre l'est doublement. Je fus malgré tout accueilli à bras ouverts, sans réserve. Après quelques inévitables gaillardises des occupants sur les ustensiles, ton père me fit visiter la chambre. Ce fut rapide.

La chambre était étroite et pouvait, normalement, difficilement abriter deux personnes. Il y avait, juste après l'entrée, un lavabo que l'on utilisait pour faire nos ablutions. À côté du lavabo, étaient posées, dans le coin du mur, trois nattes que l'on déroulait la nuit pour compléter les deux matelas jetés à même le sol et piétinés à l'envi.

En dessous de la fenêtre donnant sur l'enceinte de l'université, se trouvait une table bringuebalante sur laquelle était posé un vieil ordinateur fixe. En face de la table, une chaise et sur cette chaise, Nicholas. Je te reparlerai de lui tout à l'heure. Était montée, au-dessus de la table, une petite étagère dans laquelle s'empilaient des documents de toute sorte.

Une fine couche de poussière recouvrait presque entièrement la chambre, comme si elle n'était pas habitée, et il suffisait de taper un peu trop fort sur les matelas pour voir les particules se lever. Ton père pourtant, qui d'autre sinon, nettoyait inlassablement la chambre, le matin du début de chaque semaine, de fond en comble… mais avant le soir, par l'entremise de la fenêtre ouverte et surtout des sandales crasseuses, la poussière se réinstallait confortablement.

Quel que fût l'aspect de la chambre, la relative bonhomie de ses occupants créait une atmosphère bon enfant et pour la première fois de ma vie, j'eus l'impression d'appartenir à un groupe, à une société autre que celle composée par ma mère et moi.

Tu me permettras, ma fille, avant de te parler de ton père, que je te présente mes mystérieux voisins. L'exercice ne va certainement pas t'ennuyer puisque, devine, tu les connais déjà presque tous. Hé oui...

Je commence par ton oncle Kader qui me semblait alors être le moins sympathique du groupe ; je saurais par la suite, qu'au fond, il a un cœur sans tache. Il était d'une extrême maigreur de sorte que ses vêtements paraissaient toujours trop grands pour lui. Il portait invariablement une longue chemise qu'il faisait entrer dans un pantalon kaki, le tout retenu par une ceinture à laquelle il ajoutait des trous afin qu'elle puisse convenir à son chétif tour de taille.

Kader était calme la plupart du temps, presque sombre, ne participant jamais à nos conversations sur les matchs de foot, sur la lutte ou même sur les filles. Mais dès que nous touchions à la politique, à l'histoire, à la littérature ou à la philosophie, dès qu'il y avait de la polémique dans l'air, il se transformait alors radicalement. Ses longues mains squelettiques s'agitaient, son visage, tantôt si morose, s'animait de mille expressions, son corps vrombissait de passion, de désir de convaincre, de persuader.

Il se levait, tournoyait au milieu de la chambre, fustigeait ses contradicteurs, frappait la table pour accompagner chacune de ses idées, au grand dam de Nicholas qui se jetait pour éviter à son ordinateur, sa chère « Ngilane », une chute fatale.

Son amour pour les débats et le dernier mot ne se limitait, malheureusement pour lui, pas à nous. Il avait été en faculté de sciences juridiques et politiques, mais pas une seule fois, il n'avait réussi à passer la première année. En plein cours magistral, il contestait la moindre idée émise par les professeurs, trouvait à redire sur tel article de la constitution, le jugeait incomplet, y décelait des failles, s'énervait... tout cela devant des enseignants bouffis de leur imminence et qui, à défaut d'être créatifs, avaient atteint leur position grâce à leur mémoire exceptionnellement longue.

Kader avait « cartouché » depuis belle lurette, mais continuait cependant à trainer dans le campus, exerçant sa passion dans des assemblées générales, se faisant à chaque fois copieusement huer par les étudiants parce que, toujours égal à lui-même, il leur disait ce qu'ils ne voulaient pas entendre : allez étudier.

Je me souviens des discours qu'il nous tenait lorsqu'il était au comble de l'exaltation... des divagations de la veine.

« Vous voulez qu'on vous susurre des mots doux à l'oreille. Vous voulez entendre que vous êtes les plus beaux, les plus intelligents, les plus forts. Vous voulez qu'on vous caresse dans le sens de vos poils drus. Eh bien moi, Kader, je vais vous percer les tympans. C'est moi qui vais exposer votre laideur, étaler votre bêtise, dévoiler vos faiblesses. Je suis celui qui ébouriffe vos cheveux. Je suis celui qui les tord, qui les tortille, qui les entortille...

– Tu es celui qui cherche des poux », lançait Malick, sous cape.

Il y avait également ton oncle Ansou qui déjà à cette époque était « Ibadou Rahmane ».

Bien que l'écrasante majorité des Sénégalais était de confession musulmane, ils pratiquaient un Islam extrêmement modéré et d'essence confrérique. Le voile était loin d'être obligatoire et il fallait attendre l'heure de la prière pour pouvoir distinguer le musulman du chrétien.

Les « Ibadous Rahmane » ont toujours existé au Sénégal, aussi loin que je me souvienne, mais leur nombre, heureusement ou malheureusement, était relativement faible. Au début des années deux mille, le paysage religieux commença à changer. Les confréries, jusqu'alors limitées à quatre, avaient vu leurs grands représentants, immenses, être rappelés à Dieu et leur disparition engendra dissensions, luttes de pouvoir et luttes pour la reconnaissance.

Les marabouts, affublés de trois ou quatre disciples, sortaient de partout et réclamaient leurs droits au nom de liens de parenté douteux et parfois même inexistants avec les Fondateurs ; à défaut de quoi, ils allaient créer leurs propres confréries, tirant de leurs imaginations extravagantes des rites et des pratiques qui goûtaient de très peu à l'Islam, envahissant les places publiques, les campus, les bureaux...

Ce au vu de quoi certains musulmans prenaient peur. Quelle était cette nouvelle religion ? Quelles étaient ces nouvelles religions ? Où se trouvait l'Islam dans ce tohu-bohu mystique ? Réponse qu'ils obtenaient en se tournant vers les « Ibadous Rahmane », pratiquant un Islam strict, rigoureux. Ils choisissaient alors de garder intacte leur foi en les Fondateurs de leurs confréries, mais de revenir aux bases de leur religion.

Une autre cause du revirement, peut-être moins spirituelle et un peu plus culturelle cette fois-ci, résidait dans le ras-le-bol exprimé par les Africains en général, les Sénégalais en particulier, contre l'occidentalisation à marche forcée, l'importation obligatoire de la culture occidentale, de ses lois, de ses mœurs... D'autant plus que ce mode de pensée et cette façon d'être ne convenaient, en général, ni à leurs aspirations, ni à l'image qu'ils se faisaient d'eux-mêmes. Le Sénégalais ne s'y identifiait pas... Il voulait résister... essayer autre chose.

Mais, en fin de compte, nous avons fui l'occidentalisation pour nous ruer sur l'arabisation. Nous avons extirpé notre tête de la gueule du lion pour la fourrer dans celle de l'ours.

Le cas d'Ansou était différent. Il est né dans le Sud, vers la Casamance, de parents très peu soucieux de la religion et qui permettaient à leurs enfants de faire un libre choix entre l'Islam et le Christianisme. Tous ses frères ayant choisi le Christianisme, lui, le cadet, décida d'être musulman, le premier musulman de la famille.

Persuadé d'être investi d'une sainte mission, celle d'introduire l'Islam dans sa famille, il avait appris par cœur le Coran et la Sunna et s'était toujours efforcé de suivre de manière exemplaire les enseignements du Prophète. Il avait écourté ses habits, cessé d'écouter de la musique, arrêté de saluer les femmes...

Il avait vainement essayé de porter une barbe, mais comme il n'était pas très chevelu de nature, il ne réussit à obtenir qu'un long poil auquel il tenait plus que la prunelle de ses yeux, visible uniquement que sous un certain angle et dans une certaine luminosité.

Ansou aimait énormément les femmes. Chose, j'ose croire, heureuse et parfaitement normale chez tout autre, mais qui était, en ce temps-là, un défaut pour lui parce qu'il avait, comme tous les « Ibadous Rahmane » fait vœu de chasteté jusqu'au mariage.

Il se serait marié très volontiers, mais n'avait pas un rond et ne dégageait pas assez de charme pour qu'une femme acceptât de diner aux biscuits et à l'eau sucrée, comme lui-même s'en satisfaisait pendant les jours où les bourses tardaient, ce qui arrivait à peu près chaque mois. Il se repaissait, discrètement croyait-il, sur nos toquades et glissait toujours gracieusement dans le piège que lui tendait Malick.

– Je suis retombé aujourd'hui dans les bras de Satan, Ansou.

– Qu'as-tu encore fait Malick ? Par quelle corde t'a-t-il entrainé cette fois-ci ?

– Je me suis associé avec une femme.

– Malick, pourquoi suis-tu un autre chemin que celui que t'a indiqué Allah ? Pourquoi suis-tu un autre enseignement que celui que t'a donné le Tout-Puissant ? Pourquoi as-tu levé les yeux vers le fruit défendu ? Allah ne confie-t-il pas à son Envoyé « Dis aux croyants de baisser leurs regards et de garder leur chasteté. C'est plus pur pour eux. Allah est, certes, parfaitement Connaisseur de ce qu'ils font » ? Oui, Allah est certes Connaisseur mais Il est aussi Miséricordieux. Raconte-moi. Je pourrai peut-être te trouver un verset que tu pourras réciter, quelque prière que tu pourras faire pour atténuer tes péchés. Raconte-moi tout. N'omets rien. Tout détail a son importance.

– Il n'y a pas grand-chose à raconter Ansou. C'est une fille qui était dans le même lycée que moi. On s'est vu aujourd'hui, elle vient d'atterrir... J'ai accompli mon devoir d'ancien, je lui ai fait visiter l'université. On a discuté, on s'est remémoré certaines choses, les fêtes de notre lycée, certains de nos profs...

– Peu chaut au Seigneur vos randonnées et souvenirs de jeunesse. Malick, viens-en aux faits qui m'intéressent. *Astagh firoullah* ! Je veux dire... Viens-en au crime.

– J'y arrive Ansou, j'y arrive. C'est que tu as dit de n'omettre aucun détail. Après donc la visite, nous étions un peu fatigués. Tu sais, le campus est grand. Elle m'invita donc chez elle pour nous rafraichir un peu. Tu sais, il fait un peu chaud ces temps-ci. Nous étions seuls dans la chambre. Sa colocataire n'est pas encore arrivée. Elle s'assit sur le lit... je m'assis sur le lit.

– Tel le meurtrier qui aiguise son couteau en vue de son forfait. Continue ton insupportable récit.

– J'ai déjà dit qu'il faisait chaud ? Et la sueur menaçait d'imbiber ses vêtements. Elle décida donc de se débarrasser de ses pardessus et se présenta avec un petit t-shirt, de ceux qui serrent le corps, de ceux qui exposent les formes... Tu vois un peu ?

– Qu'Allah me préserve de ce genre de vision. Continue.

– Ses lèvres étaient moelleuses. Leur éclat était accentué par le gloss qu'elle y enduisait de manière intentionnellement languissante. Le regard était suggestif, les gestes significatifs. Je te jure que c'est contre ma volonté que mes propres lèvres se sont hâtées vers leurs pulpeuses hôtesses...

– Arrêtons-nous là un peu, interrompit Ansou, subitement atteint d'un enrouement de voix. Dis-moi... Tandis que vos lèvres souillaient dans la débauche et la luxure, je suppose que tes mains ne sont pas restées oisives, je suppose que Satan a trouvé moyen de les pervertir elles aussi.

– Elles étaient sur ses hanches.

– *La ilaha illallah*, là où le péché est le plus tendre, s'écria Ansou, n'en pouvant plus. Tu as donc osé arpenter le doux galbe du vice ? Tu as donc osé défier ton Créateur en effleurant la fine structure d'une entité qui t'est interdite ? Éloigne-toi de moi misérable corrompu ! Je n'ai pas de prière pour toi. Tu penses bien que je me garderai de me mettre entre la main expiatrice de ton Seigneur et toi. Lamentables hypocrites ! Vous vous servez de la chaleur ambiante pour justifier votre méfait... Qu'Allah vous pardonne, car je vous jure que quand vous goûterez à la chaleur de son Enfer, vous méditerez à un remède autre que la fornication.

Dans un coin de la chambre, se trouvait ton oncle Goora se livrant à son occupation favorite : la préparation du thé. Si on savait que Kader avait « cartouché », le niveau d'études d'alors de Goora demeurait un mystère. Il était seulement clair que son séjour à l'université n'avait pas commencé la veille.

Goora était déjà là, en 2007, lorsqu'un certain président étranger adressait son discours généreux à l'amphithéâtre. Il avait reçu, comme l'assistance, sa bienveillante proposition de renaissance africaine. On lui avait appris qu'il n'était pas encore suffisamment entré dans l'Histoire, on lui avait appris qu'il devait arrêter de pleurnicher et se mettre au travail, on lui avait appris que son peuple ne pourrait rien accomplir seul... L'unique chose qui était ressortie d'indéniable ce jour-là, c'était que les Africains étaient définitivement les premiers responsables de leur malheur...

Goora était là et déjà en ces temps, certains de ses « bleus » entamaient leur troisième année. Il était là même durant les grandes vacances, usant de mille ruses pour crocheter les serrures des portes des chambres barricadées, hantant les pauvres fantômes d'un campus vide.

Le soir même, Nicholas avait quitté pour une fois sa « Ngilane » pour m'entrainer dehors, prestement suivi par Ansou qui avait dû en deviner le motif et qui, disait-il, voulait éviter qu'on ne déformât trop l'histoire.

– Tu dois savoir, commença Nicholas, que des gens malveillants te parleront parfois de Goora, en lui affublant l'abject sobriquet « Lucky Luke ». Il faudra alors leur flanquer une réponse sentie et pour cela, tu dois connaitre la véridique histoire. C'était en 2010, à la fin de l'année scolaire. Nous étions épuisés par les examens et voulions aller nous reposer chez nous, être en famille. Mais les bourses tardaient et il était banni que nous allions en vacances les poches vides. Après plusieurs semaines d'attente et de galère, nous avions décidé d'aller au front, ce qui était, tu nous le concèdes, justifié. La colère et la faim avaient affuté nos sens et nos cailloux tombaient drus sur les têtes des forces de l'ordre. Leurs blessés s'accumulaient et la chose dégénéra. Ils pénétrèrent dans le campus ; tous les étudiants le désertèrent. Tous sauf Goora, qui, pendant que nous autres, suions pour la bonne cause, s'était confortablement enfermé dans sa chambre et préparait le thé en regardant, sous écouteurs, le dessin animé Lucky Luke.

– Et Allah le punit pour s'être livré à de futiles distractions, ronchonna Ansou.

– Tais-toi et laisse-moi finir... Les gendarmes étaient donc entrés dans l'université, défonçant les portes des chambres, fracassant tout, impatients de déverser leurs frustrations quotidiennes sur le premier étudiant qu'ils rencontreraient. Quelle ne fut donc leur joie, quand abattant la porte de la chambre de Goora, ils le trouvèrent, au milieu de son matériel, médusé, seul, vulnérable comme un agneau séparé de son troupeau. Les gendarmes épuisés par les courses-poursuites infructueuses, voyant qu'il concoctait du thé, comme tout vrai Sénégalais, réclamèrent aimablement leurs tasses. Goora s'activa avec l'ardeur de la peur, mit plus de menthe que d'habitude, ajouta du sucre vanillé, moussa bien, rinça les verres et servit. Les gendarmes le complimentèrent, lui assurèrent qu'ils n'avaient jamais bu aussi délicieux thé, sollicitèrent une seconde tournée. Goora commençait à souffler, se disant que le pire devait être passé. Ils entamèrent même une conversation fort détendue. Mais quand il eut fini son second service, les ingrats le saisirent, cassèrent son ordinateur, le trainèrent dehors malgré sa corpulence et cognèrent le pauvre avec une énergie qu'il leur avait pourtant lui-même procurée, lui arrachant des hurlements audibles jusqu'au marché Sahm. Ils le laissèrent avec un bras et une jambe cassés, deux dents en moins, la phobie des écouteurs et surtout une haine irrévocable contre Lucky Luke.

– Ils n'arrivèrent cependant pas, heureusement pour nous, à le détourner de son amour pour le thé, ajouta Ansou en tripotant son précieux poil. Mais dis donc Nicholas, la partie où Goora ajoute plus de menthe qu'il n'en faut a dû récemment te revenir, car quand tu racontais l'histoire à Malick l'année passée, elle n'y était pas...

Il est vrai que moi-même je pus constater que Nicholas recouvrait la mémoire année après année à propos de cette histoire.

Nicholas était par ailleurs fou de son ordinateur, un gros ordinateur fixe qui déjà à cette époque, était complètement obsolète. Il l'avait appelé « Ngilane », du nom d'une petite *Sérère* de son village sur laquelle il avait des vues. Ngilane ne pouvait pas accéder à internet puisque Nicholas était trop pauvre pour se payer une connexion. Ngilane ne supportait ni jeux, ni autres logiciels intéressants puisque ses capacités étaient extrêmement limitées. Tu peux donc te demander ce que pouvait bien faire Nicholas pendant les longues heures qu'il passait avec Ngilane, perturbant la chambre avec les incessants cliquetis de sa grosse souris.

À bien y regarder, il ne faisait rien. Il ouvrait un dossier, le refermait, ouvrait un autre dossier, cliquait sur un fichier, le refermait, le renommait, le déplaçait du bureau à ses documents pour ensuite créer un raccourci. Il modifiait l'arrière-plan du bureau, la police, les couleurs, essayait un nouveau thème, réajustait la date...

Quand il se lassait de tripatouiller cette Ngilane-là, il appelait Ngilane, la vraie, autrement moins docile. Quelques fois elle ne décrochait pas et il se fâchait.

Quelques fois il la trouvait en bruyante compagnie et il se fâchait. Quelques fois elle semblait vouloir écourter la conversation et il se fâchait. Quelques fois il ne l'appelait pas et elle se fâchait.

Et les colères de Ngilane ne retombaient pas facilement. Après parfois des heures de dispute au téléphone, pendant lesquelles nous désertions tous la chambre à cause du raffut et au bout desquelles Nicholas, exténué par les longues joutes oratoires, finissait par s'excuser même d'être né, Ngilane, rancunière, rappelait et introduisait l'entretien avec des formules que je m'abstiendrai bien de te répéter, ma fille.

Ses ennuis de couple laissaient souvent place à la tristesse et à la mélancolie. Il retournait alors vers Ngilane, la douce, l'aimante, la conciliante et lançait la voix de stentor de sa chanteuse préférée, Yandé Codou Sène... Ce qui conduisait inévitablement à des heurts avec l'omniprésent Ansou ; heurts qui s'aggravèrent un jour avec l'intervention de Kader.

– Éteins-moi ça, éteins-moi ça tout de suite, hurla Ansou dès qu'il entendit la puissante voix de l'artiste, Nicholas, c'est à toi que je parle.

Ansou retenait, avec Nicholas, sa manie de réciter des versets. Ne recevant pas de réponse...

– Nicholas, tu n'es pas seul dans la chambre, il y a des gens qui veulent se reposer, il y a des gens qui veulent étudier, il y a des gens qui veulent méditer. Ne ressens-tu donc point de honte à être le seul à perturber perpétuellement la chambre ? Nicholas, si tu tiens coûte que coûte à écouter tes grognements, au moins soit civilisé, mets des écouteurs.

Kader, excédé, avait lancé :

– Ces chants ne dérangent personne à part toi Ansou. S'ils te déplaisent tant, tu n'as qu'à sortir.

– C'est vrai qu'ils ne peuvent te déplaire toi. Il est évident que tu fais partie de ceux qui n'ont ni la force ni la volonté de résister aux charmes de Satan. Licence lui a été donnée de séduire les dubitatifs, sceptiques et ignorants dans ton genre. Par la musique de préférence. Allah ne lui dit-il pas « Excite, par ta voix, ceux d'entre eux que tu pourras... » ? répliqua Ansou, reprenant ses vieilles habitudes.

– Et tu penses peut-être que tu ne déranges pas toi quand, chaque matin, tu nous réveilles tous en allumant à fond ta radio.

– Tu... tu... tu parles des paroles de Dieu avec lesquelles je purifie la chambre à l'aube ? bégaya Ansou de colère. Ainsi donc ils te dérangent, ils t'offusquent, ils te déplaisent. Leur harmonie n'est que chahut, leur pureté t'est opaque, leur clarté te plonge dans les ténèbres. Les exècres-tu parce qu'ils te tirent de ton sommeil, parce qu'ils arrachent ton cœur de la nuit où il s'est délibérément installé ? Ainsi donc tu préfères les cancans de Satan aux propos que te tient ton Créateur. Tu préfères la licence à la décence, l'obscénité à la convenance, l'immoralité à la moralité. Ceux qui m'avaient dit que tu t'es quelque peu égaré sont très loin de la vérité. Tu te promènes allègrement, en réalité, dans le sinueux labyrinthe de la damnation.

Kader n'était cependant certainement pas du genre à se laisser malmener ainsi.

– Tu n'es pas très différent de ce Satan dont tu nous bassines la tête à longueur de journée. Toi et ceux de ton espèce vous servez d'une chose aussi élevée que la religion pour assouvir vos pulsions autoritaristes et tyranniques. Vous utilisez la croyance des gens, leur foi, leurs craintes et leurs espoirs pour les étrangler, les étouffer, les opprimer. Vous cherchez à les dominer à travers leurs peurs, vous couvrez vos basses ambitions par un zèle faussement désintéressé et un rigorisme feint. Vous dissimulez votre insolence par de la dévotion, vos offenses par de la franchise. Oui la radio que tu allumes me dérange et même s'ils sont trop lâches pour le dire, elle dérange tous ceux qui sont dans cette chambre. Cela n'a rien à voir avec ma foi, chose qui d'ailleurs ne te regarde pas.

Ansou se redressait au fur et à mesure que Kader parlait. Il paraissait stupéfait. Ce qui était étonnant vu qu'il aurait dû être habitué, comme nous autres, aux élucubrations de Kader.

– Je ne suis pas loin de Satan ? Je suis tyrannique ? Sanguinaire même ? Que d'infâmes qualificatifs pour un homme dont le seul crime est visiblement d'avoir diffusé les saintes paroles du Seigneur. Tu es fou ! Es-tu seulement sobre Kader ? Je ne pense pas. Pourtant je ne t'ai pas vu boire une seule goutte d'alcool. Allah ! Tout s'explique. La fin des temps approche. « Et tu verras les gens ivres, alors qu'ils ne le sont pas ». Youssouf, va dehors ! Vérifie que la lune ne s'est pas éclipsée, vérifie qu'elle ne s'est pas compromise avec le soleil, vérifie que les filles assez légères pour tomber enceintes au campus n'expulsent pas leurs fœtus... Le Sénégal est perdu. Voilà comment on traite ceux qui portent courageusement le flambeau de l'Islam.

Kader s'était également redressé. La colère exacerbait la nervosité naturelle de ses gestes. Il en profitait pour régler des comptes.

– Je confirme tout ce que j'ai dit et j'ajoute que toi et tes semblables, qui rabaissez et blâmez constamment vos concitoyens, êtes véritablement des hypocrites. Vous parcourez volontiers les radios et les télévisions et critiquez les moindres aspects de nos vies. Vous salissez nos coutumes... Vous ridiculisez nos traditions et vilipendez nos mœurs... Vous ne nous laissez rien. En réalité, vous faites un show. Vous êtes dans le folklore. C'est de la religion-business. Vous vous foutez du fait qu'un *mbalax* bien chaud, bien rythmé succède à vos émissions dès l'instant que vous tâtez vos salaires à la fin de chaque mois. C'est hypocrite.

Ansou, se rendant compte qu'on ne s'adressait plus à lui, était sorti. Nous, nous n'écoutions pas. Mais Kader était lancé, et comme toujours, il devenait incohérent, il se dispersait.

– Nobles esclavagistes de tous bords, nobles impérialistes, nobles colonisateurs, nobles djihadistes, vous avez brillamment accompli votre mission en Afrique. Vous nous avez habilement rendus amoureux de nos chaînes, vous nous avez subtilement convaincus que la seule posture qui nous sied est celle courbée, vous nous avez remarquablement dégoûtés de notre histoire et de tout ce qui était nôtre. Vous nous avez persuadés que nos religions n'étaient que superstitions, que les langues de nos pères étaient des dialectes, nos berceuses des grognements... Pauvre Afrique ! Tes enfants se déchirent aujourd'hui et rougissent ta sainte terre de leur sang pour des idées et des croyances qui te sont étrangères. Ceux dont les cœurs battent pour toi ne sont pas civilisés, ceux qui te défendent sont des rétrogrades, ceux qui croient en toi des athées. Morne Afrique ! Tu agonises. Poignardée par tes propres enfants...

Et cetera, et cetera.

Tu as malheureusement oublié ton oncle Malick. Comment te parler de lui sans être étouffé par la mélancolie ? Il nous a tragiquement quittés trois années après ta naissance. De quoi est-il mort ? Personne ne le saura jamais. Il est allé se coucher un jour et ne s'est pas réveillé le lendemain. Nul n'a essayé de chercher la cause d'un décès si impromptu. Cette fin ne lui était malheureusement pas particulière. Des vies s'éteignaient tous les jours aussi subitement sans qu'aucune question ne soit posée.

Malick était de nature joviale... Il était toujours prêt à lancer une boutade pour refroidir nos débats. Il passait des heures à jouer avec toi. C'est lui qui t'a acheté ton premier vélo, tu avais deux ans. Tu le reconnaissais parmi mille autres. En plus de son aisance naturelle avec les enfants, il t'avait transféré toute l'affection qu'il éprouvait pour tes parents... Et les enfants sont honnêtes. Ce sont les seuls qui rendent, toujours, l'amour qu'ils reçoivent.

Je me souviens de la consternation de Goora, qui lui était particulièrement attaché et de ces quelques vers hésitants qu'elle lui a inspirés :

Mort ! Ton œuvre est ignoble.

Dans le jardin tourmenté des jeunes âmes,

Tu as remarqué un cœur noble.

Sa grandeur et sa beauté t'ont inspiré la trame.

Sournoise, tu as guetté sa faiblesse.

Cruelle, tu as frappé de ta main traitresse,

Éteignant à jamais la lumière qu'il procurait à ce monde

La rencontre

Nous voilà arrivés à un moment délicat de mon récit. Jusqu'à présent, ma fille, tu as gentiment supporté mes divagations. Tu as été aimable de ne pas avoir interrompu mes développements égoïstes et parfois farfelus. Tu t'es contentée d'une brève description de ton père alors qu'il est évident que tu brûles d'en savoir plus, beaucoup plus sur tes parents. Tu as été patiente. Je t'en remercie.

Enfin ! Te dis-tu. Déjà ! Me dis-je. Je ne peux plus me défiler. Je ne peux repousser à plus tard l'inéluctable qu'au risque de te paraître atroce. Et ma fille, c'est ce que je désire le moins au monde.

Tâche ne peut être plus malaisée que celle de décrire un être cher. Peut-on contraindre une mère à trouver des défauts à son enfant adoré ? Quel homme serait capable de relever les tares de la femme qu'il chérit passionnément ? Serai-je capable, ma fille, de décrire objectivement des amis sûrs, des amis admirés, des amis les meilleurs ? Je n'en suis pas convaincu. Tes parents étaient-ils imparfaits ? Évidemment. Ai-je décelé ces imperfections ? Non.

Quel crédit peux-tu donc accorder à une description, qui, de l'aveu même du descripteur, est fortement empreinte de subjectivité ? Quelle confiance peux-tu attribuer à la vision brumeuse d'un homme aveuglé par l'affection ?

T'octroierai-je au moins une garantie ? Oui. Celle d'être honnête à défaut d'être fidèle. Je te promets ce que peut promettre l'homme le plus sincère. Je te promets de te dire la vérité telle que je l'ai perçue. Je te promets de te dire ma vérité.

Ton père, ma fille, se refusait à voir, chez une personne, autre chose que le bon, le bien, le beau. Ce trait pouvait, en réalité, être étendu à toute chose. Il ne cessait d'admirer, de s'émerveiller, d'encourager, de découvrir, d'innover, d'aller de l'avant. C'est ce caractère qui l'a poussé à m'héberger alors que je lui étais totalement inconnu. Il hébergeait, au passage, également les autres occupants, car la chambre était en son nom... ses excellents résultats le lui ayant permis.

Je l'ai rarement vu critiquer quelqu'un ou quelque chose. Il faisait exception dans un pays où l'activité favorite, celle qui procurait la jouissance la plus savoureuse, le plaisir le plus exquis, consistait à se réunir et à reprocher le chaud et le froid à tous ses concitoyens se trouvant en dehors du cercle. L'ultime bonheur était atteint quand d'impromptues tasses de thé venaient inspirer les commentaires acerbes et aigris de la grincheuse assemblée.

Je rencontrais rarement un professeur qui ne se réservait pas, à chacun de ses cours, une bonne trentaine de minutes, au minimum, pour sévèrement tancer les incompétents qui infestaient le gouvernement, la gabegie qui y régnait, la fainéantise des Sénégalais, prenant, pendant ces inutiles exposés, un important retard sur le programme pour être ensuite obligé de le rattraper en bâclant la fin d'année. Mais je me perds. Laissons-les là. Le critique et celui qui le critique partagent les mêmes défauts.

Ce caractère était d'autant plus admirable qu'il n'était peut-être pas naturel chez Balla. Je surprenais parfois dans ses gestes ou dans ses yeux des signes d'agacement et de désapprobation sur des idées émises, des actes posés. Il se reprenait cependant très vite. Il s'ingéniait à leur chercher des raisons, un sens, des implications, s'enthousiasmait lorsqu'il découvrait des explications positives, encourageait à s'y concentrer.

J'ai eu l'occasion de l'observer, pas longtemps il est vrai, mais suffisamment pour cerner l'essence de la philosophie qui guidait sa vie. Cette philosophie reposait sur un ensemble d'axiomes, contestables peut-être pour autrui, mais que ton père tenait, à mon avis, pour être évidents. Je vais te les énoncer brièvement : le mal absolu n'existe pas ; tout ce qui n'est pas le mal est le bien et enfin ; le bien absolu existe.

L'ordre de leur présentation n'est pas fortuit. Il traduit un passage, le pont que construisait ton père entre le mal et le bien. Une conséquence de cette philosophie est qu'au pire, le mal et le bien coexistent. Un homme ne pouvait donc être, à ses yeux, complètement mauvais. Il y avait forcément du bon en lui. Et Balla était persuadé qu'il suffisait de le trouver, de se focaliser sur lui, de le valoriser pour transformer un homme en apparence monstrueux en un brave homme.

Trouver le bon qui est en chacun n'est, cependant, pas toujours aisé. Il est généralement dissimulé au fin fond de l'âme, protégé par de gigantesques montagnes de déception, de tumultueux fleuves de trahison et d'arides déserts de désespoir. Il faut traverser d'obscures forêts de faux-semblants, abattre un énorme mur de méfiance, des épines de doute t'écorcheront la peau. Tu devras, ma fille, et c'est peut-être là l'épreuve la plus ardue, franchir un immense océan de peur. Ton père n'hésitait jamais à entreprendre ce périlleux voyage.

Balla était sûrement intrigué par ma morosité. Au début, même si je me plaisais dans la chambre, je ne parlais pas beaucoup, je ne riais pas beaucoup, je ne sortais pas beaucoup. Mes nouveaux voisins essayaient parfois d'entamer la conversation, mais ils étaient vite découragés par mes réponses courtes et mon air évasif. Je pense bien qu'ils me croyaient un peu simplet. Ils évitaient alors de déranger mes rêvasseries, me jetant parfois des regards pleins de commisération et se demandant certainement où Balla était encore allé piocher pareille godiche. Ton père, cependant, n'abandonnait pas. Quitte à faire seul la conversation.

J'étais, à vrai dire, effectivement ailleurs. Je n'arrivais pas à détacher mon esprit de ma mère. Allait-elle bien ? Se sentait-elle seule ? Comment réagissait l'homme maintenant qu'il savait que j'étais parti ? Qui la protégeait ? Elle paraissait tellement fragile à mon départ. L'isolement auquel le village la contraignait semblait la toucher de plus en plus. Pourtant j'étais parti. Quel genre de fils étais-je ?

Il y avait, dans le village, une vieille mégère qui possédait un téléphone, offert par son fils. J'avais, avec beaucoup de peine, récupéré son numéro. Peine perdue. Jamais je n'étais arrivé à contacter ma mère. La plupart du temps, le réseau ne marchait pas. Les deux ou trois fois où j'avais pu joindre le village, il faisait nuit et quand je demandais à parler à ma mère, la vieille me répondait avec désinvolture que Dieu ne lui avait pas encore donné assez de petits enfants pour qu'elle en ait déjà à sacrifier.

Je me promettais chaque fois de ne plus rappeler par ce moyen. Je recomposais son numéro à la prochaine occasion.

Mère était donc morte. La nouvelle arriva rapidement. D'anciens camarades de lycée, dont j'ignorais à peu près tout et que je ne pensais pas qu'ils sussent ma venue à l'université, avait constitué une triste délégation pour m'annoncer le décès. Il avait assurément débité par la même occasion moult mièvreries et faussetés. Je ne les écoutais pas.

La moitié de mon monde s'était dépeuplé sans que je ne le ressente, sans que mon cœur ne soit affecté au moment où le sien s'arrêtait. Factice connexion, vénielle communion. La force de nos rapports était-elle donc si légère ? Ainsi ma mère était morte seule, abandonnée par tous, abandonnée par son fils. Est-ce le chagrin qui l'a achevée ? Je réémergeai.

« La vieille semblait affaiblie, disait-on. L'âge produisait ses funestes effets. »

La vieille ? Elle était donc vieille, à seulement trente-six ans.

« Cela faisait quinze jours qu'on ne voyait plus ta mère. Personne ne s'était posé de question vu qu'elle était coutumière du fait. Mon frère m'a raconté qu'après un certain temps, tout le village commença à s'inquiéter et quand ils sont entrés dans sa case, ils l'ont trouvée malheureusement morte ».

Je saurais par la suite que leur inquiétude n'était nullement guidée par la compassion, mais par l'odeur qui se dégageait de la case.

Quinze jours. Peut-être quinze jours de souffrance. Quinze jours de torture. Dans l'indifférence complice de tout un village. Et c'étaient les enfants de ses tortionnaires, c'étaient ses tortionnaires qui venaient me l'apprendre. Ses tortionnaires qui venaient me narguer. Je me levai, fou, et me jetai sur le tas.

Mes colocataires tinrent tous à m'accompagner au village. La chambre fut fermée. Nous partîmes dans la nuit. Nous arrivâmes à l'aube.

Les oiseaux de malheur n'avaient pas eu le temps de terminer leur basse besogne. Ma mère était morte depuis plus de trois jours. Déjà, le village semblait vouloir l'oublier. Déjà, sa case avait été arrachée. Déjà, ses affaires avaient été brûlées. Elle avait bien été enterrée dans le cimetière du village, mais bien en retrait, dans un coin isolé. Je ne m'en offusquai pas. C'est ce qu'elle aurait voulu. C'est ce que je voulais. Je m'en allai directement à sa tombe. Là, agenouillé, je lui demandai pardon.

J'avais dû rester dans cette position depuis un bon moment. Je ne m'étais pas rendu compte du temps qui filait. Une fois encore, ton père était venu s'assoir à côté de moi sans que je ne l'entendisse. Et je lui racontai... Pour la première fois de ma vie. Il ne m'interrompit pas une seule fois. Après que j'eus terminé, après un long silence, il me dit :

– Ta mère est allée rejoindre le monde des héroïnes silencieuses. Elle s'est sacrifiée pour l'être qu'elle aimait, l'être qu'elle aime. Elle s'est sacrifiée pour que tu vives, alors vis ! Ne te morfonds pas dans de vains regrets qui l'attristeraient. Réjouis-toi de l'avoir connue. Réjouis-toi d'avoir pu profiter de son amour. Je ne connais pas mes parents. Mon père est mort avant ma naissance. Ma mère l'a suivi deux ans après. C'est peut-être une chance parce que j'ignore ta souffrance. J'étais trop jeune pour ressentir la déchirure qui supplicie ton cœur. Mais ta mère ne t'a pas laissé seul. Elle a attendu que tu nous rencontres avant de s'en aller. Lève-toi. Remercie-la. Garde-la éternellement dans ton cœur. Souviens-toi d'elle et de ce qu'elle était. Inspire-toi d'elle et de son œuvre. Mais, Youssouf, tu dois lui faire tes adieux. Lève-toi et rentre avec nous...

Nous quittâmes le village le soir même. Je n'y suis jamais retourné. L'ombre réconfortante et protectrice de ma mère n'a cependant jamais cessé de planer au-dessus de moi. J'ai l'intime conviction qu'elle était avec moi à chacune des étapes importantes de ma vie. J'ai souvent senti sa rassurante présence durant mes nuits de doute et perçu son bonheur dans mes jours heureux.

Autrefois, ma fille, il arrivait que les marins, quittant le confort de la Terre et s'élançant à la découverte du monde, s'égarent dans l'immensité de l'océan. Là, seuls face aux ténèbres, entourés par une mer hostile, frappés par des vents violents, tout espoir leur semblait perdu. Ils levaient alors les yeux et scrutaient l'étoile la plus brillante du ciel. Cette étoile, l'étoile Polaire leur servait de référence, de repère, de guide. Elle leur indiquait où ils étaient, d'où ils venaient et où ils allaient. Ma mère est mon étoile Polaire.

Nous revînmes à l'université en famille. Je suivis les leçons de ton père et découvrait en chacun de ses membres une qualité particulière. Je sus que certains défauts n'en sont pas et qu'on pouvait fortement s'y attacher. Je découvris en Kader une loyauté sans faille, en Ansou une ignorance totale de la rancune, en Goora une gentillesse profonde, en Nicholas une attendrissante innocence, en Malick un cœur d'enfant. Je découvris en ton père un frère et un ami.

Les professeurs avaient fait leur grève. Les étudiants avaient fait la leur. Les cours pouvaient donc reprendre. Il fallait attendre que les résultats de la deuxième session sortissent pour que nous, nouveaux bacheliers, puissions démarrer. Nous étions toutefois libres d'aller nous inscrire. La personne dont m'avait parlé ton père et qui était censée m'aider dans les procédures d'inscription était Goora. Je lui demandai ce qu'il fallait faire. Il me répondit, comme il fallait s'y attendre, que sincèrement, il avait tout oublié. Je devais me débrouiller seul.

Je me levai vers cinq heures du matin. Nous étions au mois de février. Il faisait froid. Une longue file attendait devant les toilettes, beaucoup plus étendue que celles auxquelles j'étais habitué parce que certains étudiants qui avaient rejoint leurs familles pendant les grèves étaient de retour. La progression était lente. Nul n'avait le courage d'affronter les chasses d'eau et leurs cinglantes fraicheurs matinales. On sortait les seaux et les plongeurs.

Je quittai la chambre vers sept heures. Je passai au restaurant, mais me décourageai bien vite à la vue d'un rang monstrueux, de surcroît ralenti par les fréquentes ruptures. J'allai directement à la Scolarité. Miracle, il n'y avait pas grand monde. Prudence, me signifia-t-on, il fallait s'inscrire dans une liste. Et j'étais le cinq cent vingtième sur cette liste. Et le premier n'était pas encore passé.

Après deux heures d'attente, un groupe de gaillards débarqua et déclara notre liste caduque. Pour bien nous le faire comprendre, ils la déchirèrent dare-dare et en établirent une nouvelle, avec leurs noms bien visibles en haut.

Leurs muscles étaient saillants, leurs regards féroces, ils étaient visiblement prêts à en découdre... nous inscrivîmes naturellement nos noms en dessous des leurs. J'y étais encore à la fermeture qui intervenait à seize heures précises et le lendemain, à l'ouverture, dont l'heure était indéterminée. Je devais vivre, les jours suivants, le même calvaire à la bibliothèque universitaire, à l'agence comptable et au centre médical.

Ton père et moi avions projeté de nous retrouver, à dix-huit heures, sur les bancs de la faculté de médecine, de pharmacie et d'odontostomatologie afin de profiter du Wi-Fi, tu ne connais peut-être pas ce système, pour télécharger des cours sur son ordinateur. Les activités liées à son statut de délégué des étudiants l'avaient empêché de m'accompagner dans les procédures. Nous parlâmes de mes premières impressions, des difficultés administratives, de l'indiscipline de certains étudiants... Comme toujours, Balla leur donnait des raisons, proposait des solutions. Tout cela, je dois dire, dans un cadre fort agréable.

La Faculté de médecine était la seule à avoir, à peu près, conservé son éclat d'antan. La sélection à l'entrée était rigoureuse… les professeurs sérieux… les années régulières. Marocains, Tunisiens et Algériens venaient s'y former bien que cela n'empêchait pas nos compatriotes d'aller, par la suite, se faire soigner dans leurs pays.

Je disais que le cadre était agréable. Marocaines, Tunisiennes et Algériennes défilaient sous nos regards. Les Maghrébines peuvent être d'une beauté insolente. Ton père était assis sur un banc faisant face au mien. Sa vision portait sur l'allée principale et il semblait être tout absorbé par ses recherches.

Il devait avoir trouvé quelque chose, car il levait la tête avec un sourire triomphant. Le sourire se figea. Il semblait pétrifié, son visage statufié, son regard hypnotique. Seules ses pupilles gardaient encore une certaine mobilité, décrivant une lente rotation autour de ses globes oculaires. Quelle était la cause d'une telle contemplation ? Avant que je ne le comprisse, il se leva mécaniquement et se rua vers l'allée. Il se mit à la hauteur d'une fille. Il se mit à la hauteur de son destin.

J'étais, à vrai dire, étonné par la subite audace de ton père. Je le croyais peu enclin à aborder vulgairement les demoiselles dans la rue d'autant plus que cette méthode fournit rarement les résultats escomptés. Je ne connaissais pas Balla depuis bien longtemps, mais j'avais eu plusieurs fois l'occasion de remarquer la prude réserve qu'il mettait dans ses rapports avec les filles, bien que cela n'empêchait pas qu'il eut des amies qui, au vu de leur hilarité facile en sa présence, ne donnaient véritablement pas l'air d'être désintéressées.

Pour être totalement honnête, ma fille, le charme de ton père, réel certainement, n'était pas le seul facteur explicatif de son succès auprès les filles. Aussi idiot que cela te puisse paraitre, les délégués d'étudiants étaient des personnalités fort appréciées des dames qui voyaient en eux un moyen sûr de mener une vie plaisante à l'université, car ils étaient impliqués dans divers processus de décision tel celui, très convoité, de l'attribution des logements.

Je n'avais jamais vu ton père profiter de ses atouts pour emballer, pour utiliser le jargon de l'époque, une fille. Mais voilà que ce soir, il laissait ordinateur et sac sur place et se hâtait follement vers une inconnue. Je ramassai précipitamment ses bagages et le suivis.

Je voyais la fille de dos. Sa démarche était lente sans être trainante. Elle portait un ample vêtement qui ne laissait rien d'autre présager sur ses formes que sa taille élancée. Son cou et ses bras, découverts, révélaient une peau d'une noirceur éclatante. Elle arborait une volumineuse coiffure « afro » qui me dissimulait le moindre trait de son visage.

Elle s'arrêta en sentant la présence de ton père à sa gauche. Elle le regarda posément. Ton père ne parla pas. Il ne soutint pas son regard. Il se tenait simplement là, avec elle. Elle continua son chemin, ton père à côté d'elle... moi loin derrière.

Elle entra dans une supérette. Ton père ne la suivit pas à l'intérieur et demeura devant la porte. Elle y resta longtemps, à tel point que je me demandais si elle ne s'était pas dérobée par une autre sortie. Mais non ! Elle ressortit et reprit le chemin de « Claudel ». Elle me fit face... et je la vis… dans toute sa splendeur.

Je recueillis son regard l'espace d'un instant, d'un bref instant. Un regard profond, un regard infini, duquel il se dégageait en même temps une insondable candeur. Ce regard était d'autant plus intense que sa source était sublime. De longs cils noirs surmontaient des yeux immenses d'une blancheur extrême, soutenus par d'expressifs petits cernes.

Le trouble qui émanait d'elle s'arrêtait cependant à ce regard, sa figure ronde lui donnant une apparence enfantine. De fins sourcils barraient mélodieusement un front lisse et haut. Son nez retroussé était courtoisement gardé par de magnifiques joues veloutées, rehaussées par de ravissantes fossettes. De douces lèvres charnues parachevaient un visage savamment travaillé par l'Artiste qui avait subtilement signé son chef-d'œuvre par un menton singulier.

Nulle description ne fut plus aisée, en réalité, que celle que je viens de faire, car, mis à part les yeux que tu tiens définitivement de ton père, tu es le parfait portrait de ta mère.

Elle reprenait donc son chemin, ton père à côté d'elle... moi loin derrière.

Leur marche silencieuse avait quelque chose de beau et de triste à la fois. Spectacle ne m'aura plus marqué dans ma vie que celui bouleversant de ces deux êtres déambulant mélancoliquement dans l'allée soudainement désertée. Leurs pas s'accordaient au rythme de leur progression, leurs gestes s'accommodaient peu à peu. Ils avançaient harmonieusement dans la lumière déclinante du soir, le soleil agonisant projetant vaguement leurs corps fusionnés sur le bitume noir.

Au moment d'entrer dans « Claudel », ta mère regarda ton père seulement pour la seconde fois, et avec un petit sourire chargé de mystère, lui murmura : « À demain ».

La demande

Malick avait élaboré un célèbre profilage des étudiantes selon les facultés qu'elles fréquentaient. Il est évident que ses critères étaient fort critiquables, mais les rappeler me fait revivre les délires d'un ami cher.

Les étudiantes en faculté de médecine, de pharmacie et d'odontostomatologie tenaient manifestement le haut de son classement.

« Voilà des filles bien équilibrées, disait-il. Ce sont des scientifiques donc supposées avoir assez de jugeote pour ne pas ennuyer leurs hommes avec des idioties. Nos journées sont parfois éprouvantes et l'action de douces mains expertes pour atténuer mal de dos, mal de dent et mal de tête n'est pas pour être incongrue. Les temps sont durs et un peu d'économie sur les soins de santé est fort appréciable. Elles sont souvent au fait des meilleurs produits cosmétiques. Peau douce, cheveux soyeux, beau teint, haleine fraîche, délicieuses senteurs et lèvres moelleuses sont pratiquement acquis.

Viennent ensuite les étudiantes en sciences juridiques et politiques et les étudiantes en sciences économiques et de gestion. Ces deux profils sont difficilement dissociables. Une future avocate a ses charmes. Elle peut divertir son homme. Un peu d'effronterie chez une femme n'est pas pour déplaire même si je ne l'échangerai pas avec les doux soins d'une future doctoresse. Une économiste, quant à elle, sait ménager les bourses, toutes les bourses... si vous voyez ce que je veux dire.

Étudiant ne peut commettre plus grosse gaffe que celle de s'acoquiner avec une étudiante en lettres et sciences humaines. Elle sera certainement au chômage et aura donc largement le temps de te prendre la tête. Tu seras obligé de te démener pour lui payer les niaiseries qu'elle aimera certainement lire et avec lesquelles elle t'assommera la nuit... Et se vautrer dans un fauteuil du matin au soir en s'empiffrant de nourriture dont on n'a pas payé un Franc ne fait pas forcément maigrir... Les regarder deviendra de plus en plus pénible. »

Quand Ansou, toujours intéressé par ce genre de discussion, constatant que Malick semblait en avoir fini, demandait : « Et les étudiantes en faculté de sciences et techniques ? », le coquin répondait :

« Je ne sais pas. As-tu jamais vu, toi, une fille en faculté de sciences et techniques ? »

Malick exagérait. Bien sûr que les filles de la faculté de sciences et techniques étaient distinguables des garçons. Seulement, il faut avouer qu'elles ne faisaient pas grand effort pour que cette distinction soit évidente. Asticoter les morts n'est pas très judicieux, ma fille, mais Malick, que Dieu ait pitié de son âme, n'était pas très sérieux.

« L'étude des sciences est exigeante pour une femme, ajoutait-il. Elle lui demande de longues heures de cogitation sur des formules qui pourfendent aussi efficacement la tête qu'une hache, assise sur de dures chaises qui ne flattent pas les rondeurs. On dirait, en vérité, que les étranges figures géométriques qu'elles manipulent à longueur de journée finissent par affecter leurs formes. Fesses plates, dos ronds, épaules carrées et des hanches aussi raides que des lignes droites verticales parallèles. »

Malick tomba donc des nues quand ton père lui présenta Awa... oui, ma fille, ta mère s'appelait Awa, une splendide jeune femme, comme sa copine... mais surtout quand ladite splendide jeune femme lui apprit qu'elle était en faculté de sciences et techniques.

Ta mère était une femme exceptionnelle et je crois bien que nous en étions tous, d'une façon ou d'une autre, complètement fous.

Depuis trois mois que j'habitais dans la chambre, je n'avais encore jamais vu la couleur de l'argent d'Ansou. Ce jour-là pourtant, quand Awa vint nous rendre visite et qu'il la vit pour la première fois, après maints regards de coin et de recoin, Ansou s'était traîné jusqu'à sa vieille valise.

Il arriva à bout de la grogneuse fermeture, déplaça les chiffons qui lui tenaient place de vêtements dans un coin, passa discrètement sa main par une fente cachée, tâtonna et ne trouvant vraisemblablement rien, souleva un côté de la valise. On entendit un bruit d'entrechoquements de pièces de monnaie, il les amassa, passa devant nous sans un mot et sortit. Il revint bientôt, les bras chargés de deux bouteilles de boisson sous nos bruyants applaudissements et les rires décomplexés de ta mère.

Awa avait su toucher la corde sensible de Goora. Les rares filles qu'avait réussi à ramener Malick dans la chambre, à la vue de mon air maussade, des yeux rouges de Nicholas et des regards fuyants d'Ansou, refusaient systématiquement de boire le thé que leur offrait pourtant innocemment Goora. Non seulement ta mère but entièrement la tasse, mais confia également à un Goora déjà conquis qu'elle n'en avait jamais goûté de meilleur.

Malheureusement, elle lui demanda la recette. Et Goora, profitant de l'aubaine :

– L'infusion d'un bon thé, ma sœur, est une opération délicate qui demande concentration, patience et timing. Je suis consterné de voir comment des gens, qui se disent parfois connaisseurs, traitent ce saint breuvage en bâclant horriblement le travail. C'est la raison pour laquelle je préfère prendre les choses en main dans cette chambre. Je ne t'apprends rien, ma sœur, tu me sembles être une bonne cuisinière, en te disant que les bons ingrédients ne font pas forcément de bons plats, mais que les mauvais ingrédients font toujours de mauvais plats. Comme le résument si bien les Américains : *garbage in, garbage out.* J'assiste aujourd'hui, impuissant, à la prolifération de toutes sortes de thé, venant de je ne sais où. Seul le thé vert de Chine, brut, mérite notre attention. Il faudra s'assurer de la fraîcheur des feuilles de menthe, se procurer un paquet de pastilles... à la menthe également, du sucre, vanillé de préférence, et une poignée de clous de girofle. L'ajout de tout autre ingrédient n'est que perversion. Le matériel est tout aussi important. Une petite théière, une trop grande laisserait échapper la saveur. Deux et deux seuls verres bien dégraissés ; je garde toujours avec moi un peu de cendre à cet effet. Une bouteille d'eau... un récipient propre. Il existe une vieille dissension quant au choix du combustible. Un courant, puriste, affirme qu'un thé ne peut atteindre la perfection que s'il est préparé avec un fourneau à charbon tandis qu'un autre, moderne, pense que le gaz n'a rien à lui envier. Je penche plutôt pour le deuxième courant même si je dois avouer que le goût d'un thé concocté avec du charbon est effectivement particulier. Certains attendent que l'eau soit bouillante pour y verser brutalement le thé vert. Grossière erreur ! La sapidité caractéristique de mon infusion est due au temps que je laisse, avant toute mise au feu, au thé et à l'eau pour se connaitre, pour se mélanger, pour se confondre dans la théière. Une lente cuisson vient ensuite compléter la fusion. Mais, je crains, ma sœur, de ne pas avoir mentionné l'ingrédient le plus essentiel. Rien n'est plus insipide qu'un thé solitaire.

– Et tu en sais quelque chose... commença Nicholas, mais le regard noir que lui lança Goora le persuada de suspendre sa phrase.

– Rien n'est plus insipide qu'un thé solitaire, reprit Goora, visiblement affecté par la remarque. Les discussions tenues autour de lui, les rires, les cris, le tumulte relèvent son goût. Les salives qui s'y projettent inopinément n'enlèvent rien à sa saveur. Voilà, ma sœur, la recette d'un bon thé, d'un thé tel que celui qui m'a valu tes généreuses félicitations. De sincères appréciations font toujours chaud au cœur. Tu n'es sûrement pas comme les ingrats qui me tiennent lieu de colocataires et qui me réservent, à la place de légitimes remerciements pour mes efforts, mensonges, diffamations, commérages et médisances.

Il se tut, boudant. La pique de Nicholas avait eu au moins le mérite d'écourter l'exposé de Goora qui n'en était qu'aux préambules.

Kader m'avait le plus surpris. Après qu'Awa nous fut présentée, ton père alla lui chercher une chaise dans la chambre attenante. Nous étions tout crispés au début. À part peut-être Malick et Nicholas, encore que pour celui-là… nous autres n'avions pas l'habitude de parler aux filles, encore moins à celles avec l'élégance de ta mère. Elle nous mit cependant à l'aise par sa simplicité et sa spontanéité. Ses réponses étaient chaleureuses, son sourire authentique, sa gentillesse vraie, à tel point que nous entamions bientôt une conversation très détendue qui dériva, je ne sais comment, sur la récente grève des étudiants de Saint-Louis. Kader prit naturellement la parole.

– C'est du je-m'en-foutisme, lança-t-il à brûle-pourpoint. Messieurs exigent des matelas bien moelleux, des bus spacieux, un Wi-Fi assez puissant pour venir les trouver dans leurs lits, et, laissez-moi rire, des journées de l'étudiant. Mais, demandons-leur : que ferez-vous donc de ce bel équipement ? J'entends déjà leurs réponses toutes faites. Les matelas moelleux ? C'est pour bien dormir de sorte à être en forme le matin pour mieux se concentrer sur les cours. Les bus spacieux ? C'est pour faciliter les déplacements en ville de sorte à entreprendre les démarches nécessaires à la réussite de nos études. Le Wi-Fi ? C'est pour télécharger des cours et des tutoriels en ligne de sorte à être au diapason avec la recherche. Et les journées de l'étudiant alors ? C'est pour mieux faire connaitre l'étudiant sénégalais de sorte à promouvoir son rôle prédominant dans l'histoire de la nation. Foutaises ! Les matelas moelleux, c'est pour amortir les chocs des jeux de saute-qui-peut auxquels se livrent les étudiants et les étudiantes à certaines heures. Les bus spacieux ne servent à rien d'autre qu'à transporter, les samedis soirs, les étudiants dans les night-clubs, boites de nuit et dancing qui jonchent la ville de Saint-Louis. Le Wi-Fi ? Facebook, Viber, Skype, téléchargement de séries et visite de sites qui ne plairaient sûrement pas à Ansou. Le but réel des journées de l'étudiant est trop évident pour que je m'y attarde. N'en déplaise à Balla, le fait est que les universités sénégalaises ont été détruites par les syndicats estudiantins. Le fait est que, ces syndicats, pour justifier leur existence, ont encensé l'étudiant sénégalais, lui faisant croire qu'il a tous les droits, lui faisant esquiver ses devoirs. Le ridicule de certaines revendications est parfois honteux pour des gens qui se disent intellectuels et qui aspirent à sortir l'Afrique de sa léthargie. Celui-là même qui devait enrichir, c'est celui-là même qui appauvrit. L'étudiant est devenu un parasite.

Nous nous apprêtions à faire ce que nous faisions d'habitude quand Kader parlait, c'est-à-dire attendre qu'il termine et passer à autre chose. Quelle ne fut notre terreur en entendant la douce voix de ta mère !

– Tu caricatures un peu, Kader, quand tu présentes les étudiants comme des êtres dépourvus de tout sens éthique. Tu caricatures leurs souffrances en les assimilant à des parasites. Quelles espèces de parasites sont-ils donc pour vivre à dix dans une chambre minuscule, pour supporter la chaleur étouffante des amphithéâtres trop rares et trop petits sans être sûrs, pour autant, que leurs efforts et leurs peines aient réellement un sens ? Les étudiants réclament parfois des choses inutiles, tu as raison là-dessus. Mais la plupart du temps, ce qu'ils demandent est légitime. Les étudiants demandent peut-être parce que nous sommes dans un pays où l'on ne reçoit rien quand on ne demande rien.

On pouvait entendre le bourdonnement des mouches autour des tasses de thé de Goora. De mémoire d'homme, Kader n'avait jamais laissé passer quoi que ce soit à qui que ce soit. Ansou disait volontiers qu'il aurait donné la réplique à Allah Lui-même. Ton père levait déjà les mains dans sa direction dans l'espoir, non pas de le faire taire, mais de mesurer sa réaction. Nicholas baissait la tête.

Malick regardait ailleurs. J'étais tétanisé par la peur. Une ambiance de cimetière planait dans la chambre...

Cette appréhension ne fut cependant en rien comparable avec l'effroi qui nous saisit quand nous vîmes Kader arborer un large sourire pour répondre :

– Il est vrai, Awa, que je n'ai pas tenu compte de l'ensemble des paramètres. J'ai fait un mauvais procès aux étudiants.

Sincère ou pas, cette rétractation valut à Kader notre reconnaissance éternelle.

Nicholas était certainement le plus facile à séduire. Il suffisait de lui poser des questions sur « Ngilane » et ce n'est pas la peine que je te rappelle, ma fille, comment j'avais été fasciné dès le premier regard.

Ta mère changea complètement la vie dans la chambre. Les cours avaient repris, mais elle essayait de passer chaque soir. Se sachant, nous faisions tous des efforts. Nous mettions désormais des draps propres sur les matelas et nous gardions de les piétiner. Ton père avait acheté des rideaux afin d'éviter l'installation de la poussière. Kader avait visité les friperies de Colobane. Je m'étais moi-même procuré de l'eau de Cologne. Allons, allons, ma fille ! Ne te moque pas de ton vieux père.

Awa arrivait souvent avec des pâtisseries et de petites gourmandises. C'est grâce à elle que nous découvrîmes les goûts de la pizza, du pain aux raisins, du chausson aux pommes, du croissant au beurre, de la chouquette, de la briochette sucre parsemée de grains de chocolat et autres viennoiseries. En fin de weekend, de retour de chez elle, elle habitait à Thiès, ta mère nous ramenait des plats faits maison et effectivement, Goora avait vu juste, Awa était une excellente cuisinière.

Elle nous avait acceptés autant que nous l'avions acceptée. La chambre était devenue un chez elle. Rien n'était plus réconfortant que de retrouver son subtil parfum à la fin des cours, d'entendre son « bienvenue » lancé avec enthousiasme, de la voir ensuite se replonger dans ses exercices de sciences physiques...

Awa attendait que nous arrivions tous pour partager les gâteries. Cela nous suffisait assez, la plupart du temps, pour bouder le restaurant universitaire. Nous allions ensuite tous ensemble vers la corniche, au bord de la mer, où, assis sur les rochers, nous égarions nos regards dans l'infinitude de l'Atlantique.

Tu dois te dire, ma fille, que tes parents ne devaient pas avoir des moments pour vivre leurs amours, des moments pour se connaitre, des moments pour se découvrir, scotchés comme nous étions à eux. Et tu as raison... partiellement.

Ta mère s'intéressait à tout le monde, parlait avec tout le monde, écoutait tout le monde, riait avec tout le monde, mais, ma fille, il est illusoire de croire que l'utilisation d'un mot, d'une expression, d'un geste, puisse refléter, à elle seule, les mille et une nuances que ce mot, ou cette expression, ou ce geste, peut embrasser.

L'intérêt qu'Awa portait à ton père était tellement singulier que c'en était comique. Il suffisait de mentionner le nom de Balla dans une conversation pour qu'elle s'arrête, se redresse, se rapproche, demande les détails sur l'histoire, le cadre, le contexte, s'étonne, s'intrigue. Ce que nous trouvions le plus amusant, c'était son sourire qui accompagnait tout ce que disait Balla, tout, surtout lorsque l'on considère que ton père, s'il n'était pas ennuyant, n'avait pas non plus la réputation d'être particulièrement drôle.

Malick et moi en avions fait un jeu. Dès que Balla finissait une phrase, on se retournait précipitamment vers ta mère qui immanquablement, nous offrait le spectacle de son sourire éblouissant. « Et ta journée, Awa ? » Sourire... « T'es là depuis quand ? » Sourire... « Si on allait tous à la Corniche ? » Sourire... Sourire de ton père. Sourire...

C'était beau. C'était beau parce que chaque sourire traduisait sa conviction d'avoir trouvé l'être tant attendu. C'était beau parce qu'elle ne se cachait pas, parce qu'elle ne se défilait pas, parce qu'elle ne trichait pas. C'était beau parce que l'amour, le vrai, est toujours beau.

Le fabuleux rayonnement qui émanait de ta mère n'avait pas ébloui uniquement le cœur de ton père. Bien des hommes avaient été vaincus par la simplicité de sa beauté. Bien des hommes la voulurent, la désirèrent, l'espérèrent. Quelques-uns trouvèrent le courage d'essayer de la conquérir. Tous furent éconduits, tous sauf un... Ton père.

Awa reçut sa première demande en mariage à seize ans, d'un richissime commerçant qui promettait argent, voiture avec chauffeur, bijoux, luxueux appartement... Elle refusa. Les pressions de sa mère n'y purent rien, malgré sa jeunesse. Croyant que c'étaient l'illettrisme et l'âge relativement avancé du commerçant qui rebutaient sa fille, ta grand-mère se mit en devoir de trier, sur la longue liste des prétendants, de jeunes hommes instruits, bien comme il faut. Elle lui avait présenté, sous leurs meilleurs jours, de jeunes médecins, de jeunes ingénieurs, de jeunes avocats, de jeunes professeurs... tous ceux qui, à ses yeux, représentaient le summum de l'intellectualité. Elle avait rejeté toutes les demandes.

Les chances de tous ces honnêtes messieurs avaient été minées, en réalité, par ta grand-mère, paix à son âme. Elle ne connaissait pas sa fille. Elle ignorait qu'Awa ne mesurait la dimension d'un individu, qu'il soit homme ou femme, autrement qu'à travers sa personne.

Que signifient les qualificatifs ? Que veulent dire « riche commerçant », « médecin », « ingénieur », « avocat », « professeur » ? Que renseignent-ils sur les qualités intrinsèques de la personne, que disent-ils sur sa bonté, sa bienveillance, sa générosité, son courage ? Chaque titre que lui exhibait ta grand-mère la blessait profondément. On exigeait donc d'elle qu'elle tombât amoureuse d'un nom ?

Mais rien ne la blessait plus, rien ne l'énervait plus que les promesses que lui débitaient parfois ses soupirants. Ceux qui promettaient des choses matérielles étaient, à ses yeux, les plus écœurants parce que cela traduisait le vide qui régnait en eux. Aime-moi et tu auras de l'or, aime-moi et tu auras des voitures, aime-moi et tu auras de belles maisons...

Dire ces mots, c'est accepter de ne plus être aimé quand il n'y aura plus d'or, quand il n'y aura plus de voitures, quand il n'y aura plus de belles maisons... C'est s'identifier à des objets dégradables, c'est donc accepter d'être dégradable. Dire ces mots est la plus basse expression du reniement de soi.

D'autres, plus intelligents peut-être, mais pas forcément plus rémissibles, promettaient amour éternel et éternel amour. Si ta mère demeurait, naturellement, très sensible à l'essence de ces mots, la scientifique qu'elle était mettait en doute leur réalité, leur tangibilité, leur sincérité. « Je t'aime » peut être vrai. « Je t'aimerai », c'est naviguer dans les vagues tourmentées du temps incertain.

Repousser les avances était devenu un réflexe chez ta mère. Elle n'avait jamais eu de copain.

Je crois bien t'avoir dit, ma fille, que lorsque ce fameux soir, ton père s'était levé comme un fou et avait couru vers Awa, celle-ci s'était arrêtée et l'avait regardé. Elle lui confia plus tard qu'elle attendait qu'il sortît une bêtise pour le chasser sèchement. Mais ton père l'avait surprise. Il ne disait rien. Il ne promettait rien. Il était là, à ses côtés.

Elle avait trouvé en cette présence silencieuse plus d'assurances, plus de sécurité, plus de réconfort que n'importe quelle autre preuve d'amour. Elle avait souhaité le trouver au sortir de la supérette. Elle avait espéré qu'il l'accompagnât encore. Elle avait apprécié le respect qu'il lui manifesta en restant devant la porte de sa résidence. Elle avait été séduite par la simplicité de sa tenue et l'humilité de ses gestes. Sa personne lui avait plu.

Je doute qu'il soit utile de te dire que ton père était complètement fou d'Awa. Je me souviendrai toujours de la mystérieuse disparition de la tasse de café.

Ta mère venait souvent réviser avec nous, enfin..., nous, c'est trop dire... Goora ne savait plus comment ouvrir un livre. Kader n'était techniquement plus un étudiant. Nicholas était à coup sûr avec l'une des deux « Ngilane », Malick révisait je ne sais quoi dans les chambres des filles. Il ne restait plus que ton père, Ansou, qui malgré tout, adorait les études et moi-même.

Awa venait donc parfois nous rejoindre et elle aimait bien boire un peu de café avant de commencer. Elle avait repéré une vieille grande tasse au-dessus de notre étagère, inutilisée depuis longtemps. Les motifs l'avaient charmée.

Ton père le remarqua. Il avait nettoyé la tasse et ne servait plus, à la grande joie de la concernée, le café d'Awa qu'avec. Tes parents en avaient fait une sorte de rituel.

Ta mère annonçait sa venue. Ton père sortait la tasse, la nettoyait soigneusement, empruntait la bonbonne de gaz à un Goora hésitant, empruntait une théière à un Goora réticent, empruntait du sucre à un Goora carrément mécontent. Balla lavait la théière, y versait de l'eau, la posait sur le bec à gaz, mettait trois morceaux de sucre dans la tasse et une petite cuillerée de café, comme l'aimait ta mère, et attendait qu'elle vienne pour mettre au feu. Il lui laissait le temps d'enlever ses chaussures et de s'installer confortablement sur une chaise qu'il avait lui-même bricolée pour elle et tendait la tasse fumante à une Awa comblée.

Ce mémorable soir, Awa avait prévenu qu'elle venait réviser. Ton père, très heureux, était allègrement allé chercher la tasse dans l'étagère qu'il avait dépouillée de tous ses documents. Et là, pas de tasse. Il prit une chaise, monta, regarda dans les coins, par-dessus. Toujours pas de tasse. Il descendit, inspecta la table de Nicholas, le lavabo, palpa la valise d'Ansou. Toujours rien.

– Youssouf, tu n'as pas vu la tasse d'Awa ? finit-il par demander.

– Non, je n'ai pas vu de tasse.

– Et toi, Ansou ? Tu ne l'aurais pas aperçue quelque part ?

– Il fallait peut-être me poser la question avant d'aller fouiller dans ma valise et déplier mes vêtements. Tu m'aurais évité par la même occasion de longues heures de rangement. Allah sait que je n'ai vu ni tasse, ni ce qui ressemble à une tasse.

– Et toi Goora ? demanda Balla, infatigable.

– Je n'ai vu que mes tasses de thé.

Kader et Malick étaient sortis. Il les appela. Eux non plus ne savaient pas où se cachait la tasse. Il refit un tour de la chambre, revérifia dans les coins et recoins. Je sentais, pour la première fois, qu'il s'énervait réellement. Sa colère montait visiblement minute après minute. Il explosa soudain.

– Comment une tasse peut-elle descendre seule de son étagère sans que personne n'ait rien vu. Je l'avais posée là, juste ici, dans le coin. Je ne rêvais pas quand je l'y déposais quand même. Cette tasse était ici depuis longtemps. Personne n'y a jamais touché. Vous avez attendu qu'Awa la remarque pour lui trouver maintenant des usages. Elle va arriver d'un moment à l'autre. Avec quoi va-t-elle boire son café maintenant ?

– Mais Balla, avait eu la mauvaise idée de proposer Nicholas, tu peux te servir de l'une des tasses de Goora.

– Nicholas tais-toi si tu n'as rien de plus intelligent à dire, répondit-il à un Nicholas ahuri, mais amusé. Les tasses de Goora ? Awa est habituée à sa tasse à elle. Je sais exactement comment doser le café avec cette tasse-là. Tu sais très bien qu'un café trop concentré lui cause des maux de ventre. Tu sais qu'elle aime sentir la chaleur de la tasse entre ses mains en buvant son café. Tu sais qu'elle aime souffler dans la tasse, ressentir la caresse de la fumée sur son visage. Tu sais qu'elle aime poser ses lèvres sur le bord de la tasse et humer l'odeur du café. Tu sais tout cela et tu me dis d'utiliser les tasses en verre de Goora. Tu veux donc qu'elle se brûle ?

– Je t'assure que je ne savais rien de cela, répondit Nicholas en rigolant.

Juste à ce moment-là, la tasse réapparut, entre les mains du coupable. C'était Tah, le Mauritanien de la pièce d'à côté. Puisque nous fermions rarement la chambre, de toute façon il n'y avait rien à voler, il était venu, dans l'après-midi, l'emprunter à notre insu. Balla se dirigea vers le malheureux et lui ôta brutalement la précieuse tasse des mains.

– Vraiment tu exagères, ajouta-t-il, la colère loin d'être redescendue. Comment on peut emprunter une tasse ?

Le pauvre Tah, désorienté, s'en était très vite retourné chez lui. Balla se retourna et voyant que l'on s'esclaffait tous, commença à se rendre compte de son état. Lui-même se mit à rire, s'excusa auprès de nous et auprès de Tah. Ta mère joignit ses rires aux nôtres quand nous lui racontâmes l'hystérie de Balla, mais aux regards qu'elle lui adressait par la suite, je sus que son amour avait franchi une autre étape.

Les mois s'écoulèrent. Les cours se déroulaient au rythme des humeurs des uns et des autres, mais avançaient. La chaleur s'installait progressivement, chassant les étudiants des chambres et créant constamment, par là, un indescriptible brouhaha dans le campus. Les examens approchaient et ceux qui voulaient passer aux classes supérieures étaient bien forcés, à un moment, de sérieusement se pencher sur les études. On révisait dans les couloirs, on révisait dans les allées, on révisait sur les bancs publics. On maigrissait aussi, pas seulement à cause des examens.

La chaleur pourrissait les provisions de nourriture des restaurants universitaires sans qu'aucune disposition ne fût vraisemblablement prise pour les remplacer. Cela s'ajoutait au fait que les étudiants n'étaient pas toujours tendres avec les serveurs et ces derniers accumulaient tout au long de l'année vexations, invectives, injures et autres impolitesses. Lorsque l'on considère que les mêmes qui servaient cuisinaient, on ne s'étonne pas que les plats devinssent de plus en plus infects.

Ceux qui en avaient les moyens allaient dans les restaurants privés. Ceux qui n'en avaient pas, ceux comme nous, ceux qui dépendaient entièrement de la bourse pour vivre, adaptaient leur palais aux nouvelles saveurs... au risque de perpétuels maux de ventre.

L'amour de tes parents ne cédait, malgré tout, rien au temps. Il s'étendait au contraire, s'étirait, s'approfondissait, se découvrait des aspects insoupçonnés, des perspectives infinies. Je devinais le besoin qu'ils ressentaient d'être sans cesse ensemble. Je devinais qu'ils supportaient de plus en plus difficilement d'être séparés, ne fût-ce que pour une seconde.

Ton père avait substantiellement réduit ses activités de représentant des étudiants. Il faisait désormais l'objet de nos moqueries en allant chaque jour chercher ta mère pour le petit-déjeuner, le déjeuner et le dîner. Cela ne leur suffisait apparemment pas puisqu'ils passaient, tels un Nicholas et une Ngilane, de longues heures au téléphone.

Je savais que le bonheur de ton père n'était pas complet. Je savais qu'il allait tenter de remédier à cette incomplétude.

Un soir où nous nous trouvions tous dans la chambre, à la fin du mois d'août, Balla nous confia qu'il avait pris la plus grande décision de sa vie. Il voulait demander à Awa de l'épouser, la nuit même.

Un silence lourd accueillit cette annonce. Évidemment, ma fille, nous étions heureux pour ton père parce que nous étions ses amis, parce que nous étions sa famille. Mais également parce que nous étions ses amis, parce que nous étions sa famille, nous nous devions de lui émettre nos réserves… Kader se fit notre porte-parole.

– Je crois qu'il est inutile de te dire que nous sommes tous contents pour toi. Nous avons été témoins de la naissance de l'incroyable amour qui te lie à Awa. Nous l'avons vu grandir et s'intensifier. C'est un amour sincère… Awa est une fille extraordinaire. C'est ton âme sœur... Si cela est établi, si tu es sûr qu'elle est la femme de ta vie, pourquoi alors te précipiter ? Tu n'as pas encore vingt-deux ans, Balla. Awa n'en a que dix-neuf. Vous êtes jeunes. Vous avez toute la vie devant vous. Laisse à votre amour le temps de mûrir. Laissez-vous le temps de mûrir... Considère un instant ta situation Balla. Regarde-nous et tu te verras. Nous vivons de trente-six mille francs par mois. Nous ne pouvons rien espérer de nos familles. Nous n'avons rien. Nous sommes pauvres... Awa t'aime. C'est indéniable. Mais je crois également qu'Awa est une fille sensée et si c'est le cas, elle refusera ta demande. Elle refusera parce que, justement elle t'aime. L'amour peut mener jusqu'aux plus hautes sphères. Mais l'amour ne se mange pas. Quoi qu'on dise, Awa est habituée à un certain niveau de confort et tu ne peux pas lui offrir le millième de ce qu'elle a maintenant. Elle le supportera sûrement, mais toi Balla, toi mon ami, le supporteras-tu ? Supporteras-tu que la femme que tu adores se réveille le ventre vide ? Supporteras-tu qu'elle aille quémander chez ses parents de quoi se nourrir, de quoi te nourrir ? Je te sais fier. Non, tu ne le supporteras pas. Oui tu te détesteras. Et quand on se déteste, on se perd. Et si tu te perds, tu la perds. Réévalue les deux issues de la demande que tu veux faire. Soit elle accepte et tu la perds. Soit elle refuse et tu la perds...

Ton père avait hoché la tête à certains points du discours et souri en d'autres. Il avait écouté Kader jusqu'au bout et quand ce dernier eut terminé, il lui dit ces phrases qui me resteront toujours.

– Chacun de tes mots révèle ton esprit de discernement. Tes idées sont pleines de bon sens. Ton jugement est celui de la sagesse. Mais Kader, ma raison est morte dès l'instant où j'ai vu cette fille.

Que peut-on faire, ma fille, pour un fou conscient de sa folie ? Rien. À part lui souhaiter qu'il réussisse dans cette folie, auquel cas il sera un génie. Et ton père réussit dans sa folie.

Nous l'accompagnâmes donc jusqu'à la sortie de la résidence et lui souhaitâmes « bonne chance ». Il tenait à y aller seul. Il était minuit passé. Ce qui va venir, ma fille, je l'ai reconstitué à partir des récits que m'en ont faits tes parents. Ne t'offusque pas si je complète, par mes propres moyens, certains petits détails.

Ton père retrouva ta mère à la porte de la résidence des filles et ensemble, ils se dirigèrent, en cette nuit de pleine lune, vers la Corniche. Ils avaient l'habitude de marcher jusqu'à des heures tardives au bord de la plage désertée, profitant du bruit silencieux des vagues et de l'apaisante caresse du vent.

Suivant le jeu lascif auquel se livraient la mer et la terre, leurs épaules se touchaient et se détachaient, leurs mains se frôlaient pour s'éloigner, s'éloignaient pour se frôler à nouveau. Les rochers sortaient de temps en temps de leur austère mutisme pour faire écho à leurs rires épanouis. Cette nuit-là, la lune tartinait de sa lumière laiteuse le sable doré sur lequel dansaient leurs pas harmonieux.

Ton père s'arrêta au bout d'un moment, mit sa main dans celle de ta mère, et ensemble, ils se retournèrent et contemplèrent la longue et sinueuse trajectoire qu'avaient dessinée leurs foulées.

– Regarde le chemin que nous avons parcouru ensemble Awa. Regarde nos pas... Petits, mais solidement ancrés sur le sable. Regarde où ils nous ont menés... À la lisière de deux immenses étendues, heureux comme en ces lointains premiers jours de notre amour. Ceux qui mesurent le temps avec une horloge diront que notre rencontre ne date pas d'il y a bien longtemps, ils raisonneront en termes de jours, de mois, d'années... Mais moi, Awa, tout ce que je sais, c'est que je ne me souviens plus de l'époque où je ne te connaissais pas. Tu es mon commencement. Ton amour m'a couvert de gloire. Tu m'as rendu fier. Tu m'as grandi. Tu as fait de moi l'homme que je suis, cet homme qui ose aujourd'hui se tenir droit devant la créature la plus magnifique du monde, soutenant sans défaillir son prodigieux regard, serrant ses douces mains sans tomber à genoux. Il est exclu que je vive sans toi. Je suis au carrefour de ma vie. Je vois droit devant moi un chemin embrumé par le voile de l'avenir. Je ne m'y engagerai que si tu es à mes côtés. Sinon, je ne me retournerai pas. Je prendrai ma gauche. Je perdrai mes pas dans la mer. Tu es mon aboutissement, Awa. Épouse-moi... Je me présente devant toi avec tout ce que je possède, je n'ai rien d'autre que ce que je porte. Mais épouse-moi... Tu n'aimes pas les promesses, je le sais, mais Awa, laisse-moi te faire celles-là. Je te promets de t'apparaitre, au pire, tel que tu me vois à présent. Je te promets de ne jamais t'abandonner. Je te promets...

Ta mère s'était approchée de Balla pendant qu'il prononçait ces derniers mots. Elle l'avait étreint puis dans un souffle qui se mélangea avec le vent, lui murmura : oui.

Ton père avait couru jusqu'à notre fenêtre et, au milieu de la nuit, avait hurlé : OUI.

LA FUITE

L'homme est un tonneau de préjugés. Ce tonneau, hermétiquement fermé, est en apparence calme et attrayant. Perce-le, ma fille, et tu verras s'écouler le liquide fielleux de la fausse conviction, de l'appréciation erronée, de l'a priori, et de ce nocif sentiment de supériorité.

Ta mère avait dit oui, mais en ces temps-là, l'accord de la fille, même s'il devenait de plus en plus nécessaire, était totalement assujetti à celui des parents. La chose n'était pas mauvaise en soi. Guidée par l'amour filial et la bonne foi, elle permettait d'éviter le désastre que je vois dans certains mariages d'aujourd'hui.

Tes parents voulurent se conformer à la tradition. Ton père ne connaissait pas la famille de ta mère. Le deal, c'est bien le mot, était que Balla rende régulièrement visite à Awa. La famille devait être présente pour que Balla ne soit pas un total inconnu le jour où il viendrait demander officiellement la main de ta mère. Cela devait durer trois mois.

Ton père prenait donc le bus chaque weekend pour se rendre à Thiès. Il se ruinait, et nous ruinait par la même occasion, pour apporter à chaque fois un petit cadeau à la mère d'Awa. Il revenait souvent confiant et nous racontait, enthousiaste, comment il était toujours bien accueilli. Ta mère ramenait également de bons échos. Ta grand-mère lui avait confié qu'elle trouvait Balla charmant. Les choses, croyions-nous, étaient en bonne voie.

L'administration de l'université nous avait expulsés du logement au milieu du mois de septembre. Kader, Ansou et Malick retournèrent chez eux jusqu'au mois de novembre où, normalement, nous devions retrouver notre chère chambre. Goora, ton père et moi n'avions pas vraiment où aller pendant ces vacances. Nous prîmes alors une petite pièce à Médina, près de l'université, le temps que le campus rouvre ses portes. Nous avions également trouvé un chantier, à côté, dans lequel nous fûmes engagés, ton père et moi, comme manœuvres… Goora préférant, prétendit-il, se dévouer à l'entretien de la chambre.

Le travail était dur, les matériaux lourds, les journées longues, mais cela permettait tout de même de payer le loyer. Balla faisait également des démarches pour dénicher un petit boulot à mi-temps, qu'il espérait combiner avec ses études afin de pouvoir s'occuper de son futur foyer.

Deux mois s'écoulèrent depuis le début du compromis. Un jour, ton père, en revenant de Thiès, m'avait fait part du changement radical qui était intervenu entre sa précédente visite et celle qu'il venait d'effectuer. Il m'expliqua qu'Awa lui avait semblé stressée, préoccupée… malgré ses efforts pour le cacher.

Il m'expliqua surtout l'accueil glacial que lui avaient réservé ses parents. Ta grand-mère, que Dieu ait pitié de son âme, répondit à ses salutations du bout de la langue et le sachet de mangues que ton père avait apporté fut dédaigneusement jeté sur le côté. Ton grand-père, quant à lui, fit tout pour ne pas lui serrer la main. Son entrevue avec ta mère fut brève puisque ta grand-mère venait à chaque instant lui hurler qu'elle avait des travaux domestiques à finir. Balla avait donc pris congé et était rentré, très inquiet.

Je trouvais que son inquiétude était fondée et lui conseillais d'appeler Awa pour savoir réellement de quoi il s'agissait. Mais elle était injoignable. Nous tombions invariablement sur le répondeur. Ton père devenait fou. Il voulait retourner à Thiès le jour même. Je l'en dissuadai et lui proposai d'attendre le lendemain pour partir ensemble. Nul besoin de te préciser, ma fille, qu'il ne ferma pas l'œil cette nuit-là.

Le lendemain, c'était un dimanche, tôt le matin, ton père et moi prîmes la route qui menait à Thiès. Nous arrivâmes dans la matinée aux alentours de onze heures. Je me rendais compte de la fracture sociale qui séparait tes parents en arrivant devant la porte de l'immense villa. Nous franchîmes la grille de fer que nous avions trouvé ouverte et accédâmes à la maison proprement dite. Nous sonnâmes. L'interphone répondit.

– Qui est-ce ? C'était la voix de ta grand-mère.

– C'est Balla. Je voudrais parler à Awa.

– Awa n'est pas là.

Plus rien...

Balla sonna à nouveau. L'interphone ne réagit pas cette fois-là, mais nous entendîmes des pas lourds qui se dirigeaient vers la porte. Un peu plus loin, des cris étouffés... J'avoue que j'avais la gorge un peu nouée. Ton père paraissait cependant calme.

La porte s'ouvrit avec une violence inouïe. Ton grand-père apparut. C'était un homme encore jeune et fort. Il ne devait pas avoir plus de quarante-cinq ans. Il s'exprima en français.

– On ne t'a pas dit qu'Awa n'est pas ici. Fous-moi le camp, hurla-t-il en m'ignorant superbement.

– Je veux seulement lui parler, insista ton père, toujours très calme.

Cette fois-ci, ton grand-père s'exprima en wolof et sortit le juron habituel des Sénégalais, un juron d'une basse vulgarité. Un juron qui incluait la mère de Balla, morte depuis son enfance.

Je vis un éclair passer dans les yeux de ton père. Il fit le geste de vouloir s'avancer. Je fus assez prompt pour le retenir par son bras. Mais pas assez malheureusement pour bloquer le poing de ton grand-père qui s'abattit sans raison sur son visage.

Il avait mis tout ce qu'il avait sur ce coup. Il fut cependant surpris. Ton père n'avait pas cillé malgré le sang qui commençait à dégouliner de son nez. Il avait encaissé le coup sans reculer d'un pas. Il fixa l'homme des yeux puis parcourut lentement la maison du regard. Il se tourna ensuite vers moi et me dit : « Partons, Youssouf ».

Nous nous retournions déjà pour nous en aller, quand ton grand-père, visiblement toujours insatisfait, lui lança.

– Pars et ne reviens plus jamais ici, sale griot.

Nous entendîmes à présent distinctement le « PAPA » retentissant d'Awa. Ton père s'arrêta encore un instant, puis continua son chemin.

Enfin nous comprîmes.

En réalité, la société avait jugé tes parents doublement incompatibles. Incompatibilité d'ethnie et incompatibilité de caste. Ta mère était une noble toucouleur. Ton père, un Wolof casté.

Ces problèmes, disons le mot ma fille, de racisme n'étaient pas spécifiquement sénégalais, mais africains en général. Au moment où l'on s'indignait des meurtres ignobles et presque organisés dont étaient victimes les Noirs aux États-Unis, en Inde, au Maroc..., au moment où la lutte contre la discrimination des Noirs s'organisait en France, en Angleterre et partout dans le monde, l'Afrique s'adonnait à un racisme silencieux, mais profond, couvert par le masque de la tradition.

On avait beau, à cette époque, se précipiter pour mettre tous les maux de l'Afrique sur le dos des colonisateurs voleurs, violeurs, pilleurs, assassins et racistes, mais il est clair que celui-là ne leur était que très partiellement imputable.

Bien sûr, un rapide coup d'œil sur la carte de ton continent suffit à dévoiler l'insupportable exercice de dépeçage auquel se sont livrés Anglais, Français, Italiens, Portugais, Espagnols, Allemands, Hollandais, Russes, Turques, Américains, Autrichiens et Suédois. Aucun compte n'avait été tenu, au cours du carnage, de la volonté des peuples pour la simple raison que c'était la chair desdits peuples que l'on tailladait, cisaillait, hachait, découpait… parcellisait.

Mais le coup était déjà parti. Cette liberté, que l'on nous avait prise de force, nous fut rendue… malheureusement, de bonne grâce. Des pays naquirent du jour au lendemain. Des pays hétéroclites, certes. Un coup de crayon mal assuré faisait qu'on était Malien et non Sénégalais, Ivoirien et non Voltaïque. Des États naissaient, les Nations tardaient à venir.

Mais encore une fois, ma fille, le coup était déjà parti. Que pouvait-on faire après les indépendances ? Rétablir les anciens royaumes ? Les innombrables anciens royaumes ? Cela revenait à achever le déchiquètement de l'Afrique qu'avaient entamé les conférenciers de Berlin et l'aurait plongée dans un abîme sans retour. Quoi alors ? Gommer quelques frontières, beaucoup de frontières, afin de former des États solides ? L'idée n'était pas mauvaise. Un peu de bonne volonté et deux ou trois batailles et la chose était faite. Mais un regard ramassé sur les premiers chefs d'État te persuadera bien vite de son utopie.

Nous fûmes donc obligés de conserver tels quels les États. Nous avions cependant là, je crois, une formidable occasion de montrer au monde entier que nous, Africains, formions un seul et unique peuple. Que l'on pouvait prendre l'Afrique, la dispatcher en autant de morceaux que souhaité et les considérer comme des pays, eh bien..., les autant de nations qui en résulteraient vivraient tout de même en totale harmonie.

Mais non ! Guerre civile se succédait à rébellion, rébellion se succédait à guerre ethnique, guerre ethnique se succédait à génocide...

Le Sénégal, comme on aimait à le répéter souvent, était, il est vrai, relativement épargné par ces conflits. Nos hommes politiques, à défaut d'être visionnaires, avaient au moins le mérite d'être pacifistes. Il est également vrai que les questions ethniques rentraient très peu en ligne de compte dans les élections. De ce côté-là, les Sénégalais avaient atteint une maturité politique enviable et enviée en Afrique. Les relations de tous les jours étaient parfaitement cordiales.

La cohésion se limitait là. À part quelques exceptions, de moins en moins rares indubitablement en cette fin d'année de 2014, les Wolofs se mariaient avec les Wolofs, les Toucouleurs avec les Toucouleurs...

La deuxième incompatibilité avait été héritée de l'organisation sociale des anciens royaumes. Chaque ethnie avait ses nobles, ses roturiers et ses esclaves.

La définition de la noblesse variait largement selon les ethnies. Chez les Wolofs, par exemple, la noblesse englobait la branche aristocratique, mais également tous les hommes libres sans profession manuelle autre que l'agriculture tandis que chez les Toucouleurs, la noblesse était indissociable à la religion. Les roturiers pouvaient être griots, forgerons, bucherons, cordonniers ou tisserands. J'emploie le terme « roturier », mais tu devines qu'il s'agit plutôt de corps de métiers. Les esclaves étaient des captifs.

Le terme « caste » est donc loin d'être univoque à l'Inde et à l'Afrique. Nos castes traduisaient, pour une grande part, une structuration fonctionnelle de la société, une hiérarchisation des individus selon leurs métiers, selon leurs rôles. Une hiérarchisation définie, bien entendue, dès la naissance et que l'on retrouve dans l'histoire de toutes les sociétés du monde : ceux qui détiennent l'autorité sont les nobles, ceux qui travaillent sont les vilains, les captifs sont les esclaves.

Mais le colonisateur n'avait franchement pas le temps de chercher qui valait le mieux entre deux nègres et les considérations afro-africaines n'entraient pas dans ses plans. Fils de nobles, fils de roturiers et fils d'esclaves investirent les bancs de l'école. Là, constat, la hiérarchisation sociale ne se retrouvait pas dans la hiérarchisation académique. Et les premiers à le noter furent les fils d'esclaves. Comme c'est souvent le cas, ma fille, l'éducation chamboula la société.

Égalité, criaient les démocraties occidentales. Égalité, s'époumonèrent nos tout nouveaux chefs d'État. Mérite, criaient les démocraties occidentales. Mérite, bêlèrent nos chefs d'État.

La nouvelle administration ne connaissait pas les castes. Un noble pouvait subitement se retrouver sous les ordres de l'esclave qu'il avait, il n'y a pas si longtemps, tant méprisé. Il se rendait compte qu'il ne pouvait apporter aucune preuve concrète de sa supériorité.

Et nous rentrons, ma fille, dans un classique, à l'intérieur du goulet dans lequel s'embrouille toute pensée basée sur des préjugés : le déni, l'entêtement et la mauvaise foi qui mènent à la rancœur puis à la violence.

« C'est vrai, je ne peux pas le prouver, mais je sais que c'est vrai ! Je suis meilleur que lui, je ne peux pas le démontrer, mais je sais que je suis meilleur que lui ! »

Et l'on s'en servait comme d'une dernière cartouche utilisable dans les situations délicates. Même dans les plus hautes sphères de l'État... Que de fois ai-je vu un candidat malheureux traiter le vainqueur d'esclave.

Le Sénégal, ma fille, dans certains domaines, n'a rien à envier à la Corée du Nord. Tout est beau, tout est lisse en surface. Gratte un peu et tu y perdras des ongles.

Deux jeunes gens insouciants pouvaient se rencontrer, se plaire, tomber amoureux et vivre leur amour sans que personne n'y trouvât à redire, mais dès que cela devenait sérieux, dès que l'idée du mariage se dessinait, les masques tombaient et les visages qui se découvraient alors n'étaient pas toujours beaux à voir. C'est l'histoire de tes parents.

Ta mère appela deux jours plus tard. Elle avait la voix de ceux qui se cachent et semblait être désespérée. Son désespoir s'accrut quand Balla, alité depuis cette fameuse matinée, refusa de lui parler. Elle m'expliqua, d'une voix tremblante, ce qui s'était passé.

Certes, ta grand-mère avait trouvé Balla gentil au début, mais seulement parce qu'elle le croyait être simplement un petit camarade de classe d'Awa. Elle n'avait jamais imaginé que ce gamin, propre sur lui-même, mais de toute évidence pauvre, venait, en fait, courtiser sa fille et que sa fille, sa magnifique fille, en était follement amoureuse.

Après ces deux mois, quand Awa vit que sa mère ne saisissait toujours pas la vraie nature de la relation qui l'unissait à Balla, elle choisit la manière directe et lui avoua tout. Ta grand-mère gémit, geignit, gronda, grogna, cria, accusa ta mère d'idiote, d'ingrate, de buse. Elle jura que le mariage ne la trouverait pas en vie... elle ameuta la maison pour qu'elle puisse être témoin de la tentative de meurtre que lui préparait sa propre fille.

Mais ton grand-père s'était moqué d'elle. Il lui avait dit qu'elle en faisait trop et que si elle voulait bien se rappeler, lui non plus, n'avait rien quand elle l'épousait. Awa s'était jetée au cou de son père.

– C'est bien le jeune homme que je vois ici les weekends ? Balla, je crois, ajouta-t-il. Balla comment ?

Ta mère le lui dit innocemment. Un nom wolof nettement casté. Ton grand-père se dégagea de l'étreinte.

– Que je ne le revois plus ici ! martela-t-il, catégorique.

– Mais Papa..., avait essayé de protester Awa, désorientée.

Une gifle arrêta sa phrase.

– Petite trainée. C'est donc pour ça que tu tenais absolument à loger à l'université, pour aller fricoter avec des gens de basses conditions. C'est fini pour toi. Tu ne ressortiras de cette maison que dans les bras de ton mari et crois-moi, ce ne sera pas ce méprisable griot.

Ta mère m'avait répété cette dernière phrase en pleurant : « Ils m'ont confisqué mon téléphone. Je vous appelle avec celui de Fama, notre bonne. Je ne peux pas sortir. Dis à Balla que je l'aime, que je suis perdue sans lui. Dis-lui de tenir la dernière promesse qu'il m'avait faite sur la plage. Rappelle-lui que je lui ai dit oui, que je suis à lui. Dis-lui de venir me chercher. »

Elle raccrocha. Je rapportai à un Balla malade tout ce qu'Awa m'avait raconté. Je lui dis qu'elle était enfermée, désespérée, que son amour pour lui était intact, qu'elle attendait qu'il vînt la chercher, qu'il tînt sa promesse. Chacune de mes paroles semblait le ramener à la vie. À la fin, il s'était complètement redressé et après un long silence, décida résolument : « Je vais la chercher, Youssouf ».

J'étais évidemment de la partie. Ton père n'essaya même pas de m'en dissuader. Goora avait tout entendu. Il en était. Nous appelâmes ensuite Kader, Nicholas, Malick et Ansou pour leur expliquer la situation. Tous s'indignèrent. Tous furent d'accord pour agir. Et chacun voulait être au cœur de l'action.

Malick habitait à Dakar. Il nous rejoignit le jour même. Ansou devait quitter Ziguinchor à bord du bateau et il lui fallait au moins un jour entier pour rallier la capitale. Aux dernières nouvelles, Nicholas comptait quitter Gossas, un département de la région de Fatick, dans la nuit tandis que Kader se dirigeait vers le garage de Saint-Louis. Il s'était également proposé pour mettre sur pied un plan d'action.

Ton père devait avant tout rassurer ta mère. Il appela sur le numéro de Fama qui usa de mille stratagèmes pour lui passer Awa. La voix de Balla se chargea d'émotions en entendant celle de ta mère. Il s'enquit de son état d'esprit et de son état de santé. Lui demanda pardon pour avoir failli oublier sa promesse. Il lui dit de tenir, qu'il viendrait la chercher dans trois jours...

Il fallut que Fama, craignant de se faire renvoyer, insiste pour récupérer son téléphone pour que tes parents acceptent de se dire au revoir. Balla se tourna alors vers moi, les yeux rougis : « J'ai besoin d'elle Youssouf, j'ai besoin d'elle. »

Kader arriva dans la soirée et nous soumit un plan mûrement pensé jusque dans ses moindres détails.

Il fallait d'abord mettre des garde-fous. Awa était majeure et consentante. Personne ne pourrait donc nous accuser d'enlèvement par la suite, mais s'il était avéré que nous nous étions introduits dans la maison, nous pouvions être poursuivis pour violation de domicile... pour cambriolage également si les parents d'Awa jouaient bien le coup. Seulement, ta mère était recluse dans sa chambre, étroitement surveillée par ta grand-mère le jour, enfermée à clé la nuit. Elle ne pouvait, en aucun cas, sortir du domicile par ses propres moyens. Nous devions donc entrer et sortir en douce, sans laisser trace de notre passage. Nous devions être efficaces.

L'atteinte de ce premier objectif reposait sur deux conditions. D'abord, il était nécessaire de maîtriser le terrain, c'est-à-dire avoir une idée précise sur l'architecture de la villa et sur la position exacte de ta mère. Nicholas devait passer par Thiès avant d'arriver à Dakar. Il fut décidé qu'il y restât pour étudier les accès possibles, ta mère devant elle-même renseigner sa position.

Ensuite, nous précipiter tous dans la villa n'aurait servi qu'à augmenter nos chances d'être repérés. Deux personnes suffisaient largement. Ton père insista beaucoup pour entrer seul. Il ne voulait pas nous faire prendre trop de risques. J'insistai encore plus pour l'accompagner.

Les questions logistiques furent ensuite abordées par Kader. Il fallait une voiture pour nous transporter à Thiès et nous ramener dès que ton père et moi aurions récupéré ta mère. Le timing et la discrétion que cela exigeait, interdisaient que le chauffeur sortît de notre cercle. Malick savait conduire et se chargea de trouver une voiture.

La question la plus délicate restait à venir. Que faire après avoir réussi notre mission ? Quelle serait la suite pour tes parents ? Le mariage avait été interdit. Que pouvaient-ils faire ? Vivre en concubinage ? Non. Nous ne connaissions pas cela. Nous ne voulions pas cela. Il ne restait plus qu'à braver l'interdit parental et se marier quand même. L'Islam le permettait-il ? Personne d'entre ceux qui se trouvaient dans la chambre ce soir-là ne pouvait répondre à cette question. Il fallait attendre Ansou pour trancher.

Ansou arriva le lendemain. La chose était sérieuse. Il ne voulut pas prendre le risque, et c'était tout à son honneur, de répondre à la va-vite. Il lui fallait se documenter. Il lui fallait consulter la jurisprudence islamique. Il demanda un délai de deux jours.

La veille de notre départ, Nicholas fournit son rapport… de l'excellent travail.

La villa était vaste. Elle faisait bien cinquante mètres de long pour au moins vingt mètres de large. Le mur d'enceinte n'était pas très haut, mais rugueux et surmonté de menaçants débris de verre. Une forêt de pins parcourait ce mur, constituant une ligne de défense supplémentaire et empêchant d'avoir une vue claire sur l'intérieur autrement qu'à travers un lourd portail. Portail ouvert le jour, défendu la nuit par un robuste gardien visiblement armé. À supposer que nous réussissions à passer cette première barrière et que nous traversions sans peine le jardin, une autre, bien plus tenace, s'opposerait à nous.

La maison semblait impénétrable. Nicholas avait pris le risque d'entrer dans la villa pendant la journée. Il avait emprunté la grande allée dallée qui menait devant une porte massive de fer entourée par une façade aux sobres reliefs. Nicholas fit un tour de la maison. Les fenêtres des pièces du rez-de-chaussée étaient solidement grillagées, celles des pièces de l'étage hautement disposées et à part elles, la maison n'offrait décidément aucun autre accès. Il nous fallait une échelle.

Nous composâmes encore le numéro de Fama. Elle n'était cette fois-là pas en mesure de nous passer Awa, mais nous expliqua que la fenêtre se trouvant à l'étage, à gauche de la façade était celle de la cuisine. Awa l'avait informée de notre tentative. Même si elle ne paraissait pas très convaincue, elle était tout de même prête à aider.

Nous lui demandâmes de ne pas verrouiller la fenêtre de la cuisine le lendemain et de nous situer la chambre d'Awa par rapport à celle-ci ; ton père, malgré ses fréquentes visites, ne connaissait autre chose de la villa que le salon. Nous lui demandâmes également d'inviter ta mère à se tenir prête pour la nuit du lendemain.

Malick avait promis une voiture avec cinq places, y inclus celle du chauffeur. Ton père et moi étions des pièces essentielles du plan, Kader en était le créateur, Malick était le seul à avoir un permis et nous comptions bien revenir avec ta mère. Goora et Ansou devaient donc malheureusement rester et Nicholas revenir.

Cependant, Ansou avait une tâche importante à accomplir et Nicholas avait brillamment réussi la sienne. Seul Goora n'avait pas encore de rôle spécifique à jouer et il était clair, d'après sa mine renfrognée, qu'il en était frustré d'autant plus qu'il avait été l'un des premiers à adhérer au plan. Ce que voyant, Kader lui proposa de « coordonner » les opérations. Rôle qui lui convenait parfaitement et qu'il prit à cœur. Trop à cœur...

Malgré toute notre préparation, la mission partit pour très mal se passer. Le jour J, Malick arriva bien avec une voiture. Nous l'entendîmes s'approcher à cause du bruit terrible qui l'accompagnait. Je suis en réalité fort charitable de qualifier cette horreur de voiture et je le serais encore si je la qualifiais de carcasse de voiture tant la chose était pourrie.

Le capot avait disparu, le moteur en l'air, la portière du devant, côté passager, envolée. Des toiles en plastique faisaient office de vitres latérales et arrière, un phare sur deux fonctionnait. Pas d'essuie-glace, pas de rétroviseur, pas de clignotant. Et le bruit, et le bruit, ma fille.

S'ensuivit une altercation entre Malick et Kader, le dernier accusant le premier de vouloir saboter sa mission. Ils en vinrent aux mains. Il fallut une bonne heure pour les calmer. Du reste, Kader devait bien avouer que la machine de Malick répondait au besoin le plus urgent : elle roulait. Pour le bruit, on décida qu'arrivés à Thiès, à cinq cents mètres de la villa, nous éteindrions le moteur de la voiture. On la pousserait ensuite vers l'objectif.

Vint enfin l'heure du départ. Kader était surexcité. Il semblait vivre un rêve dans lequel son esprit belliqueux s'était longuement attardé. Il donnait à chacun de petites tapes à l'épaule, secouait ceux qui paraissaient anxieux...

motivait ses troupes. Comme toujours, il en faisait trop. Il décida, à la fin, de prononcer un long discours dont nous nous serions fort bien passés.

Kader parla de bravoure, il parla d'honneur, il parla d'amour, il parla, et je ne sais plus comment il s'y prit pour lier les événements, de Lat Dior et de batailles dont je doute qu'il connût les tenants et les aboutissants. Comme toujours, disais-je donc, ma fille, il s'embrouillait.

Il parla de mort... Nous interrompîmes là bien vite le discours. De toute façon, il fallait partir. Ansou marmonna quelques prières. Nicholas, qui était rentré, nous donna ses derniers conseils. Nous montâmes dans la voiture. Elle démarra. Il était vingt et une heures.

Nous n'avions pas fait deux kilomètres quand Goora, le coordonnateur, appela, hystérique : « Bande d'idiots, vous avez oublié l'échelle. »

Nous retournâmes à Médina, sur le chantier dans lequel je travaillais avec ton père. Heureusement, il y avait une échelle pliable que nous rangeâmes tant bien que mal dans la voiture. Nous démarrâmes cette fois-ci pour de vrai.

La voiture roulait bien malgré le bruit. Nous n'étions importunés que par les incessants coups de fil de Goora.

– Où êtes-vous ? disait-il invariablement.

– Pas très loin de là où on était quand tu nous le demandais il y a cinq minutes, répondait Kader, excédé.

– Bougez-vous un peu. Je vous rappelle.

Malick conduisait, Kader était assis à ses côtés et composait avec la portière manquante. Ton père et moi étions derrière. Je me rendis compte, amusé, que nous ressemblions à ces gangsters afro-américains que je voyais dans les films.

Ton père semblait calme. Il était demeuré silencieux depuis le matin. Je savais que ta mère lui manquait. Je savais qu'il pensait à elle à ce moment-là et à tous les autres moments. Il se détachait de nous. Un fossé nous séparait. Nous étions guidés par l'aventure. Il était guidé par l'amour.

Nous fûmes à Thiès vers minuit. Comme convenu, nous éteignîmes le moteur et poussâmes la voiture jusqu'aux abords de la villa. Toutes les lumières étaient éteintes. Nicholas avait raison. Effectivement il y avait un gardien, effectivement il n'était pas malingre et effectivement il semblait être armé. Je commençais, ma fille, à angoisser.

La rue était déserte à cette heure. Malick devait rester dans la voiture, prêt à démarrer à tout instant. Kader devait faire le guet. Ton père et moi nous saisîmes de l'échelle et nous lançâmes, dos courbés, derrière la villa, vers le côté opposé à celui de la porte principale.

Nous plaçâmes l'échelle sur le mur, montâmes... Les débris de verres étaient bien là et nous pouvions les sentir malgré les gants que nous avions mis. Ton père les évita parfaitement. Ils réussirent à déchirer ma chemise. Nous retirâmes l'échelle et la jetâmes délicatement au sol, dans la villa, puis nous nous accrochâmes aux troncs des pins pour descendre. La première escalade avait été réussie.

Il s'agissait ensuite de traverser le jardin sans se faire remarquer. Le gardien était bien éveillé et faisait des rondes régulières. L'exercice exigeait du timing. Nous attendîmes qu'il se retournât pour bouger. Nous repérâmes la fenêtre de la cuisine, plaçâmes l'échelle en conséquence et montions en espérant que Fama l'avait bien déverrouillée. C'était le cas. Nous étions maintenant à l'intérieur de la maison.

Fama avait également pensé à déverrouiller la porte. Nous nous dirigeâmes dans l'obscurité jusqu'à la chambre de ta mère. Avant de frapper, nous récitâmes deux ou trois versets pour que la chambre soit effectivement la sienne. Ton père tapa doucement. Nos cœurs s'arrêtèrent. Nulle voix ne nous fut jamais plus douce que celle qui nous parvint : « Balla ? »... « Awa ! »... Turbulent silence.

« Où est la clé ? » Ma question les tira de leurs rêveries. « Youssouf ? demanda ta mère dans un murmure. Tu es là. La clé doit être dans la chambre de mes parents, la chambre qui se trouve au fond. Ma mère laisse tout d'habitude sur la commode. » Ton père et moi échangeâmes un coup d'œil. L'affaire se corsait. Il fit le geste de se lever. Je le retins. « Non, Youssouf », souffla-t-il. Mais s'il y avait bien une chose que ma mère m'a transmise, c'est sa détermination. Je me lançai vers le fond du couloir.

La chambre était ouverte. Je n'y voyais rien. Je pris mon téléphone, allumai la torche et la drapa avec ma chemise pour atténuer l'intensité de la lumière. Tes grands-parents dormaient profondément. Je parcourus très vite la chambre, trouvai la commode, la clé y était posée. Je la saisis doucement… léger bruit ; ta grand-mère remua cependant… mon cœur s'arrêta en même temps que ma respiration. Mais elle se rendormit. Je pus enfin revenir auprès de ton père qui ouvrit la porte. Awa se jeta dans ses bras.

C'était touchant... Mais nous devions partir. Nous prîmes ensemble le chemin de la cuisine. Ton père et moi descendîmes en premier pour tenir solidement l'échelle afin de permettre à ta mère de descendre sans danger. Nous atteignîmes le mur d'enceinte par le même procédé qui nous avait permis de le quitter... Nous y étions presque.

C'était sans compter le maudit coordonnateur. Au moment de placer l'échelle, le téléphone de Balla sonna.

Le gardien se tourna automatiquement vers nous et nous braqua sa puissante lampe. « Que faites-vous ici ? Arrêtez ! », hurla-t-il de sa voix non moins puissante. Il courait maintenant vers nous... il ne devait pas être réellement armé.

« Monte ! cria Balla à ta mère. » Nous nous apprêtions à faire face au gardien quand soudain il roula par terre. Kader l'avait entendu hurler en même temps que nous et arrivant par-derrière, lui avait fait un croc-en-jambe. Cela nous laissait le temps d'escalader le mur et à Kader celui de filer.

Le cri du gardien avait également réveillé ton grand-père. Il avait vu sa précieuse fille monter délibérément sur une échelle et s'enfuir à côté du griot. J'entends encore ses terrifiantes paroles dans la nuit.

« Je te maudis, je te maudis Awa. Tu n'es plus ma fille. Sois maudite. Sois maudite ».

Nous rejoignîmes la voiture et Malick démarra en trombe.

La seule riposte contre la rigidité de l'absurdité et l'obscurantisme est la force. Nous avions forcé.

Sur le chemin du retour, j'observais parfois ta mère, pensive, la tête posée sur l'épaule de ton père, les bras autour de sa taille, les jambes recroquevillées, le vent s'engouffrant dans ses cheveux. Elle n'avait rien emporté avec elle. Elle n'avait plus rien. Elle n'avait plus que Balla. Elle n'avait plus que l'amour.

LE MARIAGE

Nous revînmes à Dakar vers trois heures du matin. Ansou, Goora et Nicholas ne s'étaient pas endormis et étalèrent leur joie en voyant ta mère. Awa était épuisée. Elle somnolait littéralement debout.

Nous désertâmes la chambre, ton père y compris, pour la laisser se reposer jusqu'au lendemain. Elle devait ensuite aller chez une amie, sa seule amie, qui habitait à Ouest-Foire pour y vivre quelque temps. Cette amie s'appelait Sophie. Je te vois sourire, ma fille. Oui..., effectivement.

Nous autres, passions la nuit dans la rue. Goora, quant à lui, passa un sale quart d'heure...

Ansou, conscient de l'importance qu'il avait prise désormais, refusa obstinément de nous dévoiler immédiatement les résultats de ses recherches. Nous étions obligés d'attendre le lever du jour.

Le lendemain, à dix heures, ta mère dormait toujours. Malgré notre curiosité, nous attendîmes patiemment qu'elle se réveillât. Ce qu'elle fit vers midi. Sa fatigue était cependant toujours perceptible. Une certaine tristesse également...

C'était au tour d'Ansou de jouer. Mais il faisait des manières. Il se plaignait de la rudesse de sa chaise, de la chaleur de la chambre, de l'insuffisance de la luminosité qui l'empêchait, disait-il, de voir ses notes. Il fallut que nous nous énervassions pour qu'il commençât. Là, il devint tout à fait sérieux.

« J'ai été informé, Awa, de la façon dont tu t'es échappée de chez toi et des paroles terribles qu'a prononcées ton père. Je crois, je vois qu'elles t'ont affectée et cela prouve, si c'est le cas, que tu comprends parfaitement l'incroyable pouvoir que détient un parent sur son enfant. Allah l'a voulu ainsi. L'Islam recommande d'agir avec bonté, obéissance, respect, amour et compassion envers ses parents. Kanzoul Oummal rapporte, dans un hadith, ces propos du Prophète - Celui qui fait plaisir à ses parents a vraiment fait plaisir à Allah et celui qui rend ses parents furieux a vraiment attiré la colère d'Allah -. Dieu implique les parents à toutes les étapes de la vie de leurs enfants parce que ce sont eux les créatures par lesquelles, Lui le Créateur, est passé pour les créer. Ton père est ton premier tuteur, Awa et - Pas de mariage sans tuteur matrimonial -, a dit le Prophète. Tout mariage sans sa permission est nul.

Si Dieu aime les parents, Il aime encore plus, en supposant que les relations de préférence Lui conviennent, l'institution qui confère ce titre. Al-Bayhaqi n'assure-t-il pas que le Prophète a dit - Quand le serviteur se marie, il accomplit la moitié de sa religion, qu'il craigne Dieu dans l'autre moitié - ? La religion d'Allah est large, mes amis. Ce qui en constitue la moitié peut contenir les océans. Le mariage agrandit la Communauté. Le mariage préserve l'âme, préserve le bien, préserve la raison, préserve l'honneur. Le mariage éloigne les croyants d'une chose qui fait horreur à Allah : la fornication. Empêcher deux âmes pieuses qui s'aiment, qui se respectent, qui veulent fuir le péché, de se marier, pour des raisons méconnues de l'Islam est un acte répréhensible. Un hadith se trouvant dans à Al-Jame As-Saghîr dit : - Le droit du musulman est d'être aidé s'il demande à rester chaste -.

Ton père n'a aucune raison valable de s'opposer à votre mariage. L'Islam permet, dans ce cas, un transfert de la tutelle vers les tuteurs suivants, mais je pense que ces derniers ne vont pas aller à l'encontre de la décision de ton père. La tutelle devient dès lors générale. La tutelle revient à l'autorité musulmane. Mais quelle est l'autorité musulmane au Sénégal ? Je ne la connais pas ou plutôt, j'en connais trop. J'ai donc pris la liberté de m'approcher de l'imam de la mosquée de l'université. Je lui ai expliqué votre situation. Il accepte d'être le tuteur d'Awa. Il accepte de vous marier. »

Tes parents se jetèrent au cou d'Ansou. Il riait, un peu gêné, mais heureux et ajouta : « Ce n'est pas moi. Rendez grâce à Allah... Mais l'imam va quand même parler à ton père, Awa, pour essayer de le raisonner ». Ta mère eut un sourire indéfinissable.

Elle avait également penché la tête de côté, avec un drôle de mou, à chaque fois qu'elle avait entendu « tuteur » ou « tutelle » dans l'exposé d'Ansou. Je ne crois pas qu'elle fût totalement d'accord pour que ces termes lui soient appliqués, mais enfin... Elle avait ce qu'elle voulait. Être avec l'être aimé.

L'imam partit à Thiès. Il n'y resta pas longtemps et vint, encore tout ému, raconter à Ansou son aventure. J'avoue que nous riions un peu sous cape.

– Ansou, pourquoi mets-tu tes frères dans la *fitna* ? Dès que je prononçais le nom de Balla, il me saisit, moi, grand imam de l'université Cheikh Anta Diop, me traina dehors et me jeta dans les gravas qui recouvrent le devant de la maison. Regarde l'état de mes habits. Wallah je ne me serais jamais déplacé si je savais que j'allais retrouver un fou. Ansou, l'affaire est simple. C'est un déséquilibré. Il ne peut servir de tuteur à personne. Qu'ils fixent une date et je les marie.

Tes parents voulaient que le mariage les trouve dans la chambre, notre chambre. Ta mère, surtout, y tenait pour pouvoir raconter un jour à ses enfants, à toi, ma fille, qu'elle avait passé sa première nuit de noces dans une chambre d'étudiant. Le campus devait rouvrir dans deux semaines. Ils fixèrent donc le mariage à dans trois semaines.

Il est vrai que nous craignions aussi que ton grand-père ne décidât finalement de porter plainte. Balla ne voulait pas que les premiers jours de son mariage le trouvassent en prison.

Mais la plainte n'arriva jamais. Ton grand-père avait tourné la page d'Awa.

Le bonheur est insaisissable, ma fille. Il est tel un papillon voletant librement dans l'air et qui se pose, imprévisible, sur la fleur élue. Le bonheur n'est ni une quête ni un résultat. Le bonheur est une chance. Tout ce que nous pouvons faire, c'est étirer au maximum nos branches afin de permettre au lépidoptère de s'y égarer.

Tes parents avaient accueilli leur bonheur à bras ouverts et l'avaient capturé dès qu'il s'y engouffra. Ils attendaient sereinement ce fameux jour, le fameux jour, sûrs d'eux. Ils étaient certains que quoi qu'il arrive, que le campus soit comble ou désert, que le soleil illumine cette journée ou que les nuages l'assombrissent, qu'il vante, qu'il pleuve, ils se retrouveraient le soir, heureux. C'était tout ce qui importait pour eux. Ils nous avaient laissé l'organisation du mariage. Nous nous déchirâmes, comme de coutume.

Kader, Malick et Goora voulaient un mariage tonitruant. Ansou, Nicholas et moi désirions que les choses se passassent discrètement.

– Vous voulez qu'ils se cachent ? tonnait Kader. Pourquoi iraient-ils se défiler après tout ce qu'ils ont traversé ? Ils n'ont pas à avoir honte. Tous les étudiants de l'UCAD seront présents à ce mariage pour assister au triomphe de l'amour.

– Quel revirement Kader, répartit Nicholas. On a du mal à croire qu'il n'y a pas si longtemps, c'est toi même qui conseillait à Balla...

– Viens-en aux faits, le rembarra Kader, nullement désireux de s'attirer les foudres d'Awa.

– D'accord. Personne n'a dit qu'ils devaient avoir honte de quoi que ce soit. Mais n'oublions pas que les parents d'Awa s'opposent toujours à ce mariage. N'agissons pas comme s'ils voulaient les narguer. Ne compliquons pas la possible réconciliation.

– Tu te trompes de débat, Nicholas, intervint Goora. Il ne s'agit pas ici de parler des parents de ma sœur Awa. Il s'agit de ces deux-là, de leur mariage à eux, de leur bonheur à eux. Nous devons le célébrer. Je dis que le campus doit bouger.

– C'est vrai Goora, confirma Malick, très excité, le campus doit bouger. On doit faire la fête. Je ne sais pas ce que vous avez prévu dans la journée, mais laissez-moi la soirée. Je vais vous organiser un bal tel que...

– Vous ferez votre bal au-dessus de ma tombe, coupa Ansou. Allah m'est témoin que tant que je vivrai, il n'y aura pas ces saletés dans ce mariage. Une bande de filles avec des tenues impudiques, forniquant publiquement avec des hommes tout aussi impudiques, dans une cérémonie qui glorifie la chasteté... Je dis que la fête s'arrêtera à la mosquée.

– Et puis d'ailleurs, ajouta Nicholas, comment allez-vous financer les festivités ? Avec quoi vas-tu organiser le bal Malick ? Avec tes dents ? Vous n'avez pas un sou. Ne demandez surtout rien au futur marié. Les quinze mille francs de la dot l'ont déjà ruiné. Alors que ferez-vous après avoir rameuté tous les étudiants du campus ? Vous les nourrirez d'eau fraiche ?

– Ne t'occupe pas de comment on va les nourrir, répondit Kader sur le vif. Contente-toi seulement d'être là. Tu mangeras, tu boiras. C'est tout ce que tu as besoin de savoir.

– On va mettre des affiches, on va aller à la direction de la communication envoyer des messages à tous les étudiants, on va..., commença Goora, avec de grands gestes.

Je fus vraiment obligé d'intervenir.

– Je crois qu'il vaut peut-être mieux attendre que Kader trouve d'abord le financement dont il parle.

Et j'avais raison, ma fille. Le fabuleux projet de Kader consistait, en réalité, à poser la situation aux œuvres universitaires en leur assénant un discours censé les attendrir.

Le campus rouvrit. Nous retrouvâmes la chambre. Je me rendis compte que je m'y étais inconsciemment attaché. Notre chambre. Chacun reprit sa place habituelle. Awa nous rendait visite durant la semaine qui précéda le mariage, parfois accompagnée par Sophie. Sophie était tellement belle que j'osais à peine la regarder.

Cinq jours avant le mariage, Kader partit concrétiser sa fameuse idée. Je crois qu'il en fit trop, comme toujours. Non seulement il ne reçut pas un franc, mais une note parut dès qu'il eut tourné le dos.

« Les résidences universitaires ne sont pas des lieux de célébration d'aucune sorte. Nous invitons les étudiants, conformément aux articles relatifs aux modalités de séjour du règlement intérieur des résidences universitaires, à limiter toute nuisance sonore. Toute entorse au règlement constitue un motif d'exclusion desdites résidences. »

Ansou, Nicholas et moi ne pouvions pas rêver de meilleur avocat.

Même si l'Islam préfère que l'homme soit présent dans la mosquée pour demander lui-même la main de sa future épouse à son tuteur, il était de coutume au Sénégal qu'il soit représenté par un de ses proches parents mâles. Celui-ci pouvait être son père, son grand-père, son oncle...

Je savais que les parents de Balla étaient morts prématurément, mais je n'avais jamais compris pourquoi il ne parlait jamais du reste de sa famille, pourquoi je ne les avais jamais vus. N'avait-il pas de frères, de sœurs, d'oncles, de tantes, de cousins ?

Je lui demandais qui allait le représenter à la mosquée.

– Toi, m'avait-il répondu, comme si c'était une évidence.

– D'accord. Je le ferai avec plaisir, mais d'habitude c'est un membre de la famille qui le fait.

– Je crois que je n'ai plus d'autre famille que vous, Youssouf.

Balla était seul. Il m'expliqua que ses parents vivaient dans une case, en plein centre-ville, entourés de maisons luxueuses. Le terrain ne leur appartenait pas. Arrivés du village, ils s'y étaient installés avec leurs deux fils, avec ses deux frères, sans que personne ne s'intéressât vraiment à eux. Il faut dire que le terrain en question se trouvait à côté de la décharge du quartier.

Son père mourut du paludisme, laissant sa femme enceinte et ses deux fils, âgés de huit et de quinze ans, désemparés. Après la naissance de Balla, le plus vieux de ses frères, Mbagnick, fut obligé d'abandonner l'école, cette école sur laquelle leur père, bien qu'inculte, avait placé l'avenir de ses fils.

Il ne chercha pas du travail loin. Il ramassait les ordures des maisons environnantes pour venir les déverser tout près de sa case. Comme tout travail utile, ce travail était ingrat. Il revenait parfois avec moins de cent francs par jour. Cela leur suffisait néanmoins pour survivre. C'était avant la dévaluation.

La pauvreté module les rapports sociaux. Pour exister aux yeux des gens, le pauvre doit se montrer servile. Leur mère était digne. Elle n'existait pas.

Pour compléter les dépenses de sa petite famille, elle se mit, dès qu'elle le put, à nettoyer les toilettes des marchés. Elle ne le fit pas longtemps. Le paludisme l'emporta elle aussi.

Mbagnick se retrouvait à dix-sept ans avec deux gamins de dix et de deux ans. Un parent aurait pu peut-être prendre en charge ton père, Biram à la rigueur, mais qui voudrait s'acoquiner avec un gaillard de dix-sept ans ? Et puis, Mbagnick préférait mourir que d'abandonner ses frères. Il s'occupa d'eux. Il s'occupa d'eux pendant treize années.

Cependant Mbagnick n'avançait pas. À trente ans, il était encore à ramasser des ordures. Biram, âgé maintenant de vingt-trois ans, avait, à son grand regret, quitté l'école pour le rejoindre. Leur situation ne s'améliora pas pour autant. Le dénuement leur était d'autant moins supportable que quel que soit l'endroit où ils dirigeaient leurs regards, ils voyaient l'opulence. Une relative, certes, mais insolente opulence.

Ton père ramenait de l'école des résultats exceptionnels. Mbagnick en était fier. Il avait peur que Balla ne finisse par suivre la voie obscure de Biram, sa voie. Il voulait que son jeune frère ait une chance de réussir dans la vie, une chance d'être regardé autrement qu'avec indifférence, une chance de compter. Une chance qu'il devait lui offrir. Il ne le pouvait pas ici, pas au Sénégal... ailleurs.

Il fit part de son projet à ses frères. Biram était du voyage. Mbagnick avait parfaitement pensé son plan. Il économisait depuis quatre ans : une partie de l'argent payait son voyage et celui de Biram, l'autre, la plus grande, revenait à Balla, pour qu'il puisse avoir de quoi vivre le temps qu'ils aient trouvé une situation stable en Europe.

La nuit du départ, Balla tint à les accompagner jusqu'au lieu d'embarquement. Il arriva avec eux sur la plage, il vit la pirogue, il vit beaucoup d'hommes autour, il vit une femme et ses deux jeunes enfants à l'intérieur... Il poussa, avec ses frères et les autres hommes, la pirogue pour la mettre à la mer. Il vit ses frères monter, les autres monter. Il vit la pirogue vaciller sous leur poids. Il vit la pirogue s'éloigner... Il vit les mains levées de ses frères... Il vit leurs ombres disparaitre dans l'océan... Il ne les revit plus.

Ton père espéra dans un premier temps leur signe. Une semaine, un mois, une année... Rien. Il continua quand même d'espérer ce signe durant très longtemps. Il s'était ensuite consacré à ses études, avait réussi brillamment son baccalauréat et quitté définitivement la case pour s'installer à l'université.

Parfois, dans ses rêves les plus optimistes, me confia-t-il, il imaginait que ses frères avaient accosté la terre d'Espagne, qu'ils avaient trouvé chacun ce travail qui leur manquait tant dans leur pays, qu'ils avaient pu fonder une famille… qu'ils l'avaient oublié parce qu'ils étaient enfin heureux.

Arriva le jour du mariage, un samedi. Kader, malgré l'interdiction formelle de l'administration, s'était procuré deux énormes haut-parleurs. Il les avait savamment disposés dans des coins de la résidence et le vacarme put démarrer vers midi.

Goora, très certainement complice de cette mutinerie, déambulait dans les couloirs en exécutant la danse du moment. Les extravagants mouvements de son corps ballonné s'harmonisaient étonnamment bien avec la musique. Il fut prestement suivi par les étudiants qui sortirent de leurs chambres et qui associèrent leurs pas aux siens, sans même connaître la raison de cette exaltation.

Chacun y allait selon son bon plaisir. Certains avaient des gestes si désynchronisés que je me demandais s'ils ne suivaient pas quelques airs qui trottaient dans leurs têtes. Ça se dandinait, ça se trémoussait, ça frétillait, ça gigotait, ça trépignait, ça sautillait... Ça n'était pas pour plaire à Ansou. Je devinais d'après ses expressions qui n'étaient, ma foi, pas du tout incompatibles avec le rythme endiablé du *mbalax,* qu'il lançait de saintes obscénités heureusement couvertes par le bruit.

Les étudiants des résidences voisines s'en mêlèrent. L'affaire dégénéra. Des représentants de l'administration vinrent réclamer l'arrêt immédiat du tapage. Les étudiants firent bloc et refusèrent.

– Vous allez arrêter ce boucan d'une façon ou d'une autre, rétorquèrent-ils en partant.

Le soir arrivait. On arrêta la musique pour aller à la mosquée.

Je devais, moi, personnellement me préparer. J'étais, ma fille, un des personnages les plus importants du jour. Je représentais le futur marié, mon ami. J'avais emprunté un splendide boubou blanc qui me seyait parfaitement. J'avais encore emprunté des babouches de la même couleur. Je pris la tête de la délégation et empruntai enfin le chemin de la mosquée.

Après la prière de *Takussan,* l'imam annonça à l'assemblée qu'un mariage devait se lier et me demanda d'approcher. Ce que je fis fièrement. L'imam entreprit ensuite un long discours dans lequel il rappela l'importance du mariage et les devoirs des époux. En tant que tuteur d'Awa, il m'invita à prononcer avec lui ces paroles :

« Ô vous qui avez cru, préservez-vous ainsi que vos familles, d'un feu dont le combustible sera des humains et des pierres. »

Nous n'attendîmes pas de sortir de la mosquée pour appeler ton père et le féliciter. Tes parents étaient mariés.

Nous revînmes à la résidence pour continuer la fête. Les maudits représentants avaient tenu parole. Perfides, ils avaient coupé l'électricité. Les étudiants se dispersèrent en maugréant. Nous restions avec ton père, en famille.

Awa devait venir dans la nuit. Elle n'avait pas fixé d'heure exacte et s'était gardée de préciser si elle allait être accompagnée ou pas. Elle était demeurée mystérieuse à ce sujet.

Le crépuscule passa. L'obscurité s'installa dans la chambre. Je distinguais malgré tout le visage de ton père... Quelle quiétude. Il était demeuré ainsi dans la chambre depuis le matin, regardant parfois, pensif, par la fenêtre.

As-tu déjà connu, ma fille, ce bonheur, un bonheur si fort, si intense, qu'il te rend mélancolique ? Connais-tu cet état où seule la tristesse convient à ton bien-être ? Cet état où tu es heureuse, mais malheureuse en même temps, car tu sais que le sentiment qui t'anime vole tellement haut qu'il ne peut plus que redescendre ?

Ton père attendait l'amour, l'espoir, la lumière... Il attendait son destin, il attendait son salut, il attendait sa vie. Il attendait Awa. Il attendait ta mère.

Nous étions là, tous, Kader, Nicholas, Goora, Malick, Ansou et moi, dans cette chambre, regardant les heures s'écouler, soutenant par notre mutisme l'attente de notre ami.

Soudain, un magnifique silence s'abattit sur le campus. Nul éclat de rire, nulle voix, nul bruit ne nous parvenaient plus du dehors. Le monde, incrédule, semblait être figé par une vision qui, jusque-là, lui était manifestement cachée. L'obscurité dans laquelle nous étions plongés, cette nuit-là, créait dans l'atmosphère le halo propre aux rêves, cet étrange sentiment d'être hors de la réalité, d'être hors du temps, d'être hors de la raison. Ce sentiment de vivre un songe. Je me levai, saisi, et me dirigeai, tel un somnambule, vers la fenêtre. Et, ma fille, je fus subjugué.

Ta mère se tenait au milieu de la nuit, seule, immobile. La blancheur immaculée de sa longue robe répandait autour d'elle un diadème de lumière qui révélait la perfection de son visage, et produisait un contraste troublant avec sa superbe peau sombre. Son abondante chevelure crépue formait autour de sa tête, délicate, une auguste couronne noire qui lui donnait un air majestueux. Elle était majestueuse.

Nul bijou n'ornait son corps. Nulle parure n'altérait la simplicité de sa tenue. Un joyau a-t-il encore besoin d'être décoré ?

Elle avança...

Je refermai la fenêtre et dis à ton père de se tenir devant la porte. Nous autres, nous nous précipitâmes pour descendre. Nous fûmes au bas des escaliers au moment où Awa entrait dans la résidence. Les étudiants, eux aussi, avaient senti qu'il se passait chose inhabituelle, ils étaient sortis de leurs chambres, bougies en main.

Ta mère marchait lentement, telle une reine, au milieu de l'allée de lumière formée par les cierges, au milieu des étudiants époustouflés par l'assurance de son allure, la sérénité de ses gestes, la noblesse de son maintien, sa dignité...

Je remontai vivement les escaliers pour rejoindre ton père, toujours devant la porte.

Ta mère montait également les escaliers. Nous aperçûmes d'abord, sur les murs, son ombre imposante projetée par la lueur des bougies puis... ma fille, apparut sa couronne, puis son cou, son buste, son corps... Sublime.

Elle avançait vers Balla, adressant un somptueux regard à l'homme qu'elle avait choisi, le fixant comme si la Terre s'était dépeuplée de tout autre. Ton père se sentit défaillir... Je le retins.

Awa s'arrêta devant Balla, leurs yeux s'attachèrent et ne se détachèrent plus. Je partis... Et ne me retournai pas.

Les autres m'attendaient en bas. Nous devions nous rendre à notre nouveau logement. Je remarquais, en cours de route, que Malick scrutait le ciel comme s'il voulait s'assurer de quelque chose.

– Que fais-tu ? lui dis-je.

– Je compte les étoiles dans le ciel.

– Pourquoi ?

– Je crois qu'il en manque une ce soir.

Journée noire

Je me souviens de la première fois où j'ai entendu parler de toi, ma fille. Je m'en souviendrai toujours.

J'étais en d'ennuyeux travaux dirigés de littérature américaine. Les étudiants y assistaient plus par contrainte que par intérêt : les TD étaient obligatoires.

Avec l'irruption de la chaleur en ce début de mois de mai, ils ne s'embarrassaient pas pour transformer la salle de cours en dortoir, d'autant plus que l'enseignant était un jeune doctorant mal assuré et tout tremblotant.

J'avais passé ma première année avec un succès très relatif. Pourtant, j'avais été excellent au lycée. Je t'ai déjà dit que j'ai passé mon baccalauréat avec mention ? Mon nom venait en troisième position sur la liste d'admission des nouveaux bacheliers à la faculté de lettres et sciences humaines, une liste effectuée par ordre de mérite, une liste de plus de trois mille personnes. C'est dire...

Tout était maintenant chamboulé. Des gens qui avaient eu leur bac *in extrémis*, des gens qui étaient au fin fond de la liste, se retrouvaient maintenant à valider toutes leurs matières avec mention bien, très bien..., tandis que nous autres, moi, la crème, nous estimions heureux de passer avec mention passable. J'accusai le manque de rigueur des enseignants dans la correction, leur favoritisme, leur conformisme, l'absurdité des épreuves qui ne nécessitaient d'autres compétences que le par-cœurisme...

En réalité, ma fille, les études universitaires sont simplement très différentes des études secondaires. On n'est plus chez soi, dans le confort de sa maison, sous la surveillance de ses parents. On n'est plus sur les bancs du lycée, face à l'enseignant, à lui poser toute sorte de questions. À l'université, on est indépendant, socialement et pédagogiquement. On s'assume. Les problèmes que j'ai évoqués sont certes bien réels, mais énormément d'étudiants ont échoué à l'université parce qu'ils n'ont seulement pas pu, seulement pas su s'adapter.

Ton père, qui faisait la maîtrise en mathématiques, sortait quant à lui major de sa promotion, malgré toutes les péripéties qui avaient jonché son année. Il était bien coutumier du fait... Il majorait à chaque fois. En plus d'avoir été pris comme professeur de mathématiques dans un lycée privé réputé du centre-ville, Balla dispensait également des TD aux étudiants en première année. Ses revenus n'étaient peut-être pas colossaux, mais suffisants pour vivre paisiblement à deux.

Par ailleurs, bien qu'il marquât une pause pendant un certain temps, il n'abandonna pas pour autant ses activités de délégués des étudiants. Je lui avais un jour demandé pourquoi il y tenait tant vu qu'il n'était pas du tout de nature frondeuse.

« Tu n'es pas un rebelle, lui avais-je dit.

– Pourquoi un délégué devrait-il être un rebelle Youssouf, un rebelle dans le sens où tu l'entends ? Je sais qu'à notre âge, les fibres révolutionnaires sont les plus sensibles. Nous n'admettons que la révolte. C'est bien. C'est le rôle de l'étudiant, de l'étudiant africain en particulier. C'est ce qui changera notre monde. Mais encore faudrait-il savoir vers qui diriger cette révolte, vers quoi la diriger. Le rebelle est pour toi celui qui brûle les moyens de transport de son peuple ? Le rebelle est pour toi celui qui retarde l'activité économique de son pays en barrant les routes pendant des heures ? Le rebelle est pour toi celui qui dirige sa rébellion contre son propre peuple ? Je ne veux pas être un rebelle dans ce cas. La vie est dure au campus. Les étudiants sont parfois traités injustement. Tu as vu comment nous vivions dans la chambre. Nous souffrons. Mais que faire si celui qui a le devoir d'alléger notre souffrance nous ignore ? Nous battre ? Certainement. Pour qui ? Voilà la vraie question. Nous battre pour nous-mêmes, pour nos propres personnes, pour notre soulagement, pour notre repos, implique nécessairement que nous fassions des grèves à n'en plus finir, que nous descendions dans la rue, que nous tourmentions notre peuple. Mais nous battre pour ce qui viendra après nous, pour nos filles, pour nos fils, implique d'avancer avec notre fardeau, d'accepter notre souffrance, de nous rebeller contre nous-mêmes, contre nos désirs les plus évidents. Nos pères ne l'ont pas fait pour nous. Faisons-le pour nos enfants. Je conçois le rôle du délégué comme celui d'un intermédiaire. Un intermédiaire entre l'étudiant et l'État. Je le vois assister concrètement les étudiants, vulgariser leurs idées, participer aux débats, organiser des conférences... Je suivrai toujours les mots d'ordre issus des assemblées générales, je serai dans la rue, je ferai face aux gendarmes s'il le faut, mais, Youssouf, je ne jetterai jamais aucune pierre.

Awa était également passée avec éclat en troisième année de physique-chimie. Elle avait trouvé un stage dans une entreprise de la place. Seul le transport lui était remboursé, mais ta mère tenait à ce travail : « Mon premier boulot ! », disait-elle fièrement. Le bonheur la rendait de plus en plus belle. Ses patrons la draguaient quotidiennement, lui proposaient des cadeaux qu'elle refusait tous... Pauvres gars ! Jamais perte de temps ne fut plus évidente.

Tes parents ne se quittaient le matin que pour pouvoir mieux se retrouver le soir. Malgré leurs emplois du temps très chargés désormais, ils étaient dans la chambre avant dix-huit heures. Ils adoraient les rituels. Le premier arrivé dans la chambre attendait patiemment l'autre qui ne tardait jamais. Après une langoureuse étreinte au cours de laquelle l'un ébouriffait les cheveux de l'autre et l'autre caressait le crâne rasé de l'un, où l'un effleurait les joues de l'autre et l'autre fermait les yeux, ils se dirigeaient vers un petit canapé aménagé à cet effet et se racontaient longuement, jusqu'au moindre petit détail, le déroulement de leur journée.

Je le sais, ma fille, parce que j'y étais, nous y étions bien avant dix-huit heures… indécrottables. Tes parents tenaient à ce que nous conservions chacun une clé de la chambre et nous pouvions passer, façon de parler bien sûr, à n'importe quelle heure. La chambre avait, par ailleurs, bien changé.

Plus de poussière, plus de sandales qui trainaient, plus de vêtements qui pendouillaient, plus d'odeurs malodorantes d'origines diverses. Que propreté, qu'ordre, qu'agréables senteurs... Décidément, ma fille, une femme est bonne en toute chose.

Tes parents avaient acheté un petit réfrigérateur que ta mère remplissait chaque matin pour nous. Nous pouvions être certains d'y trouver, à condition d'arriver avant Goora, des jus de fruit locaux, de délicieuses pâtisseries faites chambre, des restes de repas, de l'eau fraiche...

Awa écrivait chaque soir sur un cahier, une sorte de journal qu'elle gardait jalousement. Je lui demandai pourquoi elle n'utilisait jamais son ordinateur pour écrire, elle n'aurait plus qu'à chiffrer le fichier Word et le tour était joué.

– C'est vrai Youssouf, mais j'aime écrire à l'ancienne. J'aime sentir l'odeur du papier. J'aime caresser la page vierge avant de la déflorer avec mes mots. J'aime la chatouilleuse sensation que me procurent mes idées en traversant mon bras. J'aime les mouvements qu'elles impulsent à ma main. J'aime voir mes doigts danser sur le papier. Voilà ! C'est une danse... une danse des mots. Je n'écris pas. Je danse.

Où en étais-je, ma fille ?

Oui... Je disais que la première fois que j'ai entendu parler de toi, j'étais dans une séance de TD. J'eus, contrairement à beaucoup de mes camarades, la décence de sortir pour répondre à l'appel de ton père. Il haletait...

– Youssouf, heu heu..., viens vite. J'ai une grande nouvelle à vous annoncer... Je vais te le dire... on attend un enfant. Nous allons avoir un bébé. Viens vite...

Je ramassai mes bagages et courut vers la chambre. Je rencontrai Ansou et Nicholas en cours de route. Eux aussi avaient naturellement été informés. Nous nous retrouvâmes tous dans la chambre. Awa y était. Fatiguée, mais heureuse... Ils nous expliquèrent.

Ton père dispensait un cours quand il reçut un appel de l'entreprise où travaillait Awa. Elle avait fait un malaise. Elle avait été acheminée vers l'hôpital Fann. Balla devint fou. Il laissa craie, livre, sac et étudiants pour faire un sprint vers l'hôpital. C'est en courant qu'il dépassa le vigile, qui, le prenant pour un des malades mentaux qu'on y internait, le poursuivit. Il fut arrêté à la réception. Il expliqua comme il pouvait que sa femme était là, qu'elle avait fait un malaise, qu'elle s'appelait Awa. Une infirmière attentive comprit. Une jeune femme avait bien été admise au service de réanimation. Elle lui montra la chambre. Il entra. Awa était souriante. Il se jeta vers elle et la prit dans ses bras. Que s'était-il passé ? Était-elle malade ? Comment allait-elle ? Ta mère avait lentement mis son doigt sur la bouche de Balla.

– « Comment allez-vous ? » est plus exact, mon amour...

Ton père mit un temps pour comprendre. Il se jeta à nouveau vers elle et l'enlaça.

Awa était enceinte de deux mois. Elle s'en doutait un peu bien évidemment, mais elle voulait être sûre de sa grossesse avant d'en faire part à Balla.

Nous fêtions l'annonce de ta venue au monde... Le soir, chacun apporta un petit quelque chose et nous allâmes au bord de la plage souhaiter bonne route au nouveau membre de la famille... te souhaiter bonne route.

Le temps me fascinera toujours. Je peux encore entendre le hurlement des vagues accompagner nos rires. Je sens encore le parfum de la mer se mêlant à celui de ta mère. Je sens encore le goût des madeleines que j'ai mangées ce soir-là. Tu n'étais alors qu'une pauvre chose informe flottillant dans le ventre de ta mère. Regarde-toi maintenant, ma fille... Belle, sublime, épanouie. Comment un temps qui me semble si court peut-il produire de si magnifiques effets ?

Ton père économisait depuis longtemps pour un logement. La chambre était plaisante, mais ils ne pouvaient pas, vous ne pouviez pas y vivre éternellement. Il trouva un mois après un petit appartement à Mermoz, une cité tranquille. Nous avions visité ensemble les locaux. Une chambre avec salle de bain, un salon assez spacieux, une cuisine, un balcon donnant sur le monument de la Renaissance. Le cadre était idéal. Ton père régla six mois de loyer.

Nous aidâmes tes parents à déménager de la chambre. Les visages étaient tristes. Chaque coin, les murs, le lavabo, la table, la chaise... regorgeaient de souvenirs. Lorsque tous les bagages furent rangés, nous nous tînmes au milieu de la chambre, en cercle, main dans la main et lui fîmes de silencieux adieux.

Mais nous nous attachâmes très vite à l'appartement. De nouveaux souvenirs se dessinèrent. Là, nous comprîmes que ce à quoi nous tenions réellement, c'était nous, c'était notre amitié, c'était notre histoire.

Le temps du bonheur est rapide. Nous fûmes en un clin d'œil au mois d'octobre.

Awa te portait depuis sept mois. La grossesse l'embellissait. Elle était épanouie. Elle était entourée, soutenue, surprotégée par ton père qui s'affolait au moindre bobo. Et je soupçonnais fortement ta mère de simuler parfois de petites douleurs juste pour le voir sursauter, s'approcher, lui caresser la tête, le ventre, lui prendre la température, la coucher, se coucher auprès d'elle, lui murmurer des mots rassurants...

Nous l'accusions d'être devenu une véritable boniche. Il se réveillait avant l'aube, balayait l'appartement, passait la serpillère, nettoyait les toilettes, lavait les assiettes, faisait le linge s'il y en avait, préparait le petit-déjeuner de ta mère, allait la réveiller, lui administrait ses médicaments, vérifiait qu'elle mangeait bien et l'embrassait avant d'aller soit dispenser ses TD, soit suivre ses cours… l'année universitaire ne connaissant plus les vacances scolaires officielles.

Les jours où il ne travaillait pas, il passait la journée entière avec ta mère. Nous arrivions le soir et ensemble, allions promener Awa jusqu'à la plage, ajustant nos pas aux siens de plus en plus lourds.

La colère grondait cependant à l'université. L'année avait été particulièrement trouble. Elle avait pourtant commencé normalement : les professeurs avaient fait un mois de grève, les étudiants avaient fait un mois. Les cours s'étaient ensuite déroulés correctement jusqu'à la fin du mois de mai. Les examens de la première session étaient prévus pour le 1er juin. Le 30 mai, les professeurs déclarèrent que l'État n'avait pas respecté ses engagements et que par conséquent, aucun examen ne serait organisé tant que chaque point de leurs revendications n'était pas satisfait. Ils étaient déterminés. Ils étaient prêts à aller jusqu'au bout. La tactique était bien rodée : mettre la pression sur les étudiants qui n'avaient nullement envie d'une année blanche, les étudiants mettent à leur tour la pression sur l'État qui n'avait aucunement intérêt à se frotter à sa jeunesse et l'État se met la pression pour satisfaire leurs demandes. Que demandaient d'ailleurs les professeurs en réalité ? La même chose que tous les Sénégalais : l'argent du contribuable.

Mais l'argent du contribuable ne pesait pas vraiment lourd parce que les contributeurs ne pesaient pas lourd. Et puis, cet argent, il avait été déjà distribué : une petite partie pour le peuple, une partie pour les fonctionnaires qui incluaient les professeurs eux-mêmes, une grande partie pour la politique politicienne. D'autre part, cette fois-ci, les étudiants n'avaient pas joué leur rôle. Ils s'étaient contentés d'observer, malgré que leur peau fût vendue dans cette affaire. Les tractations débutèrent quand même. Après deux mois de tiraillements et accrochages, les professeurs obtinrent de l'État sa seule richesse inépuisable : des promesses. Nous reprîmes donc les cours au début du mois d'août et les dates des examens furent fixées en fonction des facultés parce qu'il en subsistait quelques-unes, dont le programme n'avait pas complètement été terminé. C'était notamment le cas de la faculté des sciences et techniques. Tout fut quand même bouclé le 15 septembre.

Arrivés au mois d'octobre, tandis que nous attendions les résultats de la première session pour préparer éventuellement la seconde, une note sortit : session unique. Goutte d'eau qui fit déborder le vase déjà bien plein des étudiants. « Ce n'est plus un problème de bourse », avais-je glissé à ton père. Le taux d'échec en première session était trop élevé pour que l'on se risquât à s'y arrêter.

Le jour même, l'ensemble des étudiants fut convoqué à l'assemblée générale qui devait se tenir le lendemain, un mercredi, sur le terrain de football, à huit heures trente minutes précises. Les détenteurs de biens dits « fragiles » dans l'université ou à ses abords furent les premiers à intégrer l'information. Avant la nuit, les voitures furent garées ailleurs… loin et les commerces environnants prévirent un jour sabbatique.

L'appel fut donc largement entendu bien qu'il fallut attendre que les étudiants finissent tranquillement de prendre leurs petits déjeuners pour voir le terrain se remplir peu à peu.

On commença finalement à dix heures. Les délégués firent rapidement le tour de la question. Ils rappelèrent les aléas de la session unique, dénoncèrent l'égoïsme des professeurs, fustigèrent la démission de l'État. Il fallait agir, conclurent-ils, mais ils n'agiraient qu'après avoir recueilli nos consignes sur la marche à suivre.

Une liste d'intervenants circula. Kader se précipita pour y inscrire son nom. Malheureusement pour lui, il y en avait une cinquantaine et pour des contraintes de temps, on décida de n'en retenir que dix... et il ne faisait pas partie, heureusement pour nous, de ces dix.

Les interventions des étudiants, ma fille, valent leur pesant d'or. Il y défilait du tout : les philosophes, les sankaristes, les lumumbistes, les panafricanistes, les poètes, les romantiques, les rêveurs, les rappeurs, les fascistes, les va-t'en-guerre, les anarchistes, les irréductibles, les sadiques, les sanguinaires, les pseudo-visionnaires, pseudo-progressistes, pseudo-patriotes... en somme, beaucoup d'illuminés. Il y avait ceux qui voulaient impressionner les filles, ceux que cela tuait de se taire, ceux qui racontaient leurs vies, ceux qui racontaient la vie des autres... Je crois en fait que beaucoup d'entre nous ne venions que pour voir un théâtre, pour nous divertir, nous amuser. Les plus raisonnables étaient par conséquent les plus ennuyeux ; ceux qui se donnaient en spectacle les plus applaudis. Je me souviens en particulier de deux interventions.

La première était celle d'un jeune étudiant en deuxième année. Il s'avança avec plein de fougue et ôta brutalement le micro des mains d'un délégué sous les applaudissements nourris de la foule qui plaça en lui de grands espoirs. Il ne déçut point.

– Camarades ! L'heure est grave.

Les applaudissements redoublèrent.

– L'heure où ces incompétents de délégués ont laissé l'administration nous prendre à la gorge. L'heure où notre avenir est bradé. L'heure où toute une jeunesse est sacrifiée. L'heure où l'État veut faire de nous son mouton de Tabaski.

Applaudissements et ricanements se mêlèrent. Des cris d'encouragement se firent entendre : « Oui, oui tu as raison. C'est vrai. Tout est vrai ».

Il reprit, gonflé à bloc :

– Je réclame la démission pure et simple des délégués. Une démission immédiate. Ils sont mous. Qu'ils nous laissent faire. Qu'ils laissent faire les vrais hommes. L'État doit savoir que le mouton qu'il veut sacrifier est un puissant taureau, qu'il a des cornes acérées. Nous ne nous laisserons pas malmener plus longtemps. Nous nous battrons. Nous résisterons. Nous nous défendrons... jusqu'à la mort. Camarades ! Nous allons montrer que les étudiants n'ont pas peur de se salir les mains. Camarades ! Nous allons descendre dans la rue. Camarades ! Nous allons tout casser. Camarades ! Nous allons tout brûler. Camarades ! Au front ! Au front ! Au front !

Il jeta le micro par terre, insulta les délégués impassibles et revint à sa place sous une clameur indescriptible. Assurément que celui-là est un vrai homme, disait-on. Assurément qu'il a du courage. Assurément qu'il a du charisme.

L'autre intervention qui me marqua était celle d'un doctorant. Les étudiants devinèrent vite, d'après son aspect, que son discours allait être ronflant. Il prit la parole, pas pour longtemps.

– Bonjour camarades. Je pense que nous n'avons rien à gagner à descendre dans la rue. Je crois qu'il faut plutôt essayer de trouver un terrain d'entente avec les autorités. Je pense même que nous pourrions faire la session unique et quand l'administration verra les résultats, elle sera bien obligée...

La huée qui se fit fut telle qu'il se figea. Il semblait ne pas comprendre ce qu'il avait dit de mal. Un gros gaillard vint le lui faire comprendre en le tirant violemment vers sa place. Après cela, les interventions se firent toutes plus belliqueuses.

La messe était dite. La chose était faite. Une fois de plus, les étudiants allaient régler leur compte dans la rue. Nous passions exactement par où étaient passés les dirigeants que nous critiquions. Nous faisions les mêmes erreurs qu'eux. Nous devenions comme eux.

Il nous fut accordé une trentaine de minutes pour aller nous changer. J'en profitais pour me rapprocher de ton père. Il n'avait pas dit un mot pendant l'assemblée générale. Je savais qu'il ne partageait pas le procédé adopté, mais je savais également que sa loyauté lui défendait de se défiler. Il me vit.

– Si j'avais la moindre autorité sur toi, je t'aurais ordonné de retourner à ta chambre... Mais tel que je te connais. Reste à côté de moi, sois prudent et rappelle-toi... Ne jette aucune pierre !

Les étudiants revinrent avec leurs tenues de combat : t-shirts déjà déchirés histoire de faciliter la tâche aux gendarmes, shorts et running en cas de retraite précipitée. Nous nous dirigeâmes ensuite ensemble vers la porte principale de l'université, rêvant de hauts faits, galvanisés par les regards des étudiantes déjà perchées à leurs fenêtres. La gendarmerie nous y attendait déjà.

Certains voulurent engager la bataille sur le champ. Mais le commandant faisait de grands signes. Il voulait apparemment discuter. Il fut convenu, après concertations, d'accepter les pourparlers. Les délégués s'avancèrent. Moi aussi... Le commandant prit la parole ; il devait avoir une quarantaine d'années.

– Mes amis, évitons d'en arriver à certaines extrémités. Nous avons des frères et des sœurs parmi vous. Votre colère est peut-être justifiée, mais nous avons des ordres. Vous ne pouvez pas bloquer indéfiniment la route. Je propose de vous laisser l'occuper trente minutes, dans le calme. Après ça, il faudra laisser les véhicules circuler.

Après la façon dont ils avaient été traités à l'assemblée générale, après les accusations qu'ils y avaient essuyées, les délégués ne voulaient surtout pas paraitre faibles, d'autant plus que le campus entier les observait. Le porte-parole des délégués cria, afin que chacun l'entendît distinctement :

– Nous occuperons la route le temps qu'il nous plaira de l'occuper !

– Bien, avait répondu le commandant. Vous nous trouverez alors sur votre chemin.

Les négociations avaient échoué... la bataille inéluctable.

Le temps que les délégués revinssent à nous, les gendarmes s'étaient rangés devant le portail, derrière leurs boucliers. Ils nous avaient pris de court. Nous n'avions pas eu le temps d'amasser des pierres. Nous retournâmes donc à l'intérieur de l'université réquisitionner des briques qui devaient servir à la construction de nouveaux logements. Elles furent cassées et les morceaux devinrent nos projectiles.

L'objectif était simple, déloger les gendarmes du portail pour libérer le passage. Nous nous mîmes à bonne distance et commençâmes à lancer les pierres. Nous étions nombreux. Les cailloux pleuvaient durement sur eux. Ils balancèrent des grenades lacrymogènes.

Les étudiants avaient, pour une fois, anticipé le coup en apportant des morceaux de tissu imbibés de vinaigre pour se protéger les yeux et le nez. Ils purent ainsi avancer malgré le gaz irritant.

Ce fut maintenant au tour des gendarmes d'être pris au dépourvu. Les étudiants ne leur avaient jamais, auparavant, opposé une résistance aussi acharnée. Ils redoublèrent leurs jets de grenades qui ne réussirent qu'à nous ralentir un peu. Et tout à coup plus rien. Ils se rendirent compte que leur stock s'était épuisé.

Les étudiants s'en rendirent également compte. Ils se jetèrent vers le portail. Les gendarmes reculèrent. Le cri de triomphe que lancèrent les assaillants mit du courage aux cœurs des plus craintifs d'entre nous. Nous sortîmes. Les gendarmes se retrouvèrent vite débordés de tous les côtés, les étudiants voulant profiter de la situation avant que les renforts n'arrivassent.

Ton père et moi nous étions rapprochés.

Les gendarmes reculaient certes, mais ce n'était pas encore la débandade. Ils arrivèrent bientôt, toujours en formation, au niveau de leur commandant. Il leur aboya de tenir. Mais ils avaient en face des gens déterminés, conscients qu'ils n'avaient jamais été aussi près du triomphe. Les gendarmes, acculés, étaient sur le point de céder. Ils cédèrent... encerclés par les étudiants.

Combien de nos têtes les gendarmes n'avaient-ils pas cassées ? Combien de bras ? Combien de jambes ? Combien de côtes ? Combien de dents ne nous avaient-ils pas ôtées ? Leur gaz lacrymogène nous avait arraché bien des larmes... Leurs balles à blanc ne procuraient pas que des caresses...

Leurs matraques lacéraient nos chairs... Combien de fois ne nous avaient-ils pas humiliés ?

J'apercevais la lourde masse de Goora dans l'échauffourée. Il s'était agité comme un enragé, donnant des coups de poing et de pied désordonnés.

L'heure était maintenant venue pour lui, pour les étudiants, de solder leurs anciens comptes. Ils se ruèrent vers les malheureux gendarmes

– Vous allez les tuer. Arrêtez ! avait crié ton père en se jetant dans la mêlée.

Le commandant était déjà pris en partie. Je vis la peur dans ses yeux. Il réussit à dégager son bras, dégaina son arme... et tira au hasard.

La balle atteignit ton père en pleine tête.

Absurde ! Absurde, ma fille. C'est l'absurdité qui a tué ton père. Absurdité de l'État, absurdité des professeurs, absurdité des étudiants. L'absurdité de tout un système.

C'est l'absurdité qui a voulu que l'on affronte sa jeunesse avec une arme à feu chargée.

Ton père est tombé sous mes yeux. Il était mort. C'était fini avant qu'il ne touchât le sol...

Excuse-moi, ma fille, de parler avec insistance de ce qui t'emplit de souffrance, mais, vois-tu, jusqu'à présent, je ne comprends pas comment une chose aussi petite qu'une balle a pu bouleverser, si abruptement, des vies entières. Le souffle d'un coup de feu a suffi à dissoudre des pans entiers, des pans certainement heureux, de nombreuses existences.

Un silence profond avait suivi la détonation. Puis l'incompréhension... Quelqu'un a été touché ? Oui... C'est un délégué ! C'est Balla ! C'est Balla... Il est mort ? Il est mort...

J'ai aujourd'hui honte, ma fille, de t'avouer que ton père est tombé à moins de trois mètres de moi sans que je n'aie pu bouger... J'étais resté là, pétrifié, à le regarder, à regarder les étudiants entourer son corps, à les écouter appeler l'ambulance, à entendre les cris glaçants de Goora... J'étais encore là, immobile, quand l'ambulance emportait Balla... Un ami disparaissait à jamais... J'étais là et je n'ai rien fait...

Goora était sur les lieux. Kader n'était pas loin... Ansou, Malick et Nicholas vinrent dès qu'ils apprirent la tragédie. Ils nous trouvèrent, Goora et moi, dans les états que je t'ai décrits. Ils réussirent à supporter leurs douleurs et à nous amener jusqu'à notre chambre.

Awa... Une douleur vive me broya le ventre. Comment annoncer l'impensable ? Quels mots pour nommer l'innommable ? Comment lui dire que l'homme pour lequel elle avait tout abandonné, celui pour lequel elle avait tout sacrifié, le mari, le père de cet enfant qu'elle portait en elle, l'amour de toute une vie, était mort, victime de la bêtise...?

Il fallait pourtant le faire... Nous voulions éviter qu'elle ne l'apprît par les médias. Nous nous mîmes en marche… jamais parcours ne fut plus long.

Nous nous arrêtâmes devant la porte de l'appartement.

– Vas-y seul Youssouf, décida Kader, les yeux embués.

Je montai les longs escaliers qui menaient à l'appartement de tes parents. Ma main trembla en appuyant sur la sonnette. Ta mère mit du temps pour ouvrir. La grossesse ralentissait ses mouvements...

– Ha Youssouf, fit-elle en me voyant à travers la grille. Balla n'est pas avec toi ?

Elle avait ouvert la porte. J'entrai... Je ne pouvais répondre. Elle perçut mon silence... Elle se retourna... me fixa des yeux... Je baissai la tête.

– Youssouf, où est Balla ?

Elle avait posé ses mains sur mes bras... Je pouvais sentir leur étreinte.

– Balla... mort, bégayai-je.

Je relevai la tête un bref instant et rencontrai son regard...

Cette nuit-là, péniblement étendu sur mon lit, abattu, perdu dans de terribles pensées, je ne pleurais pas un ami, mais deux.

Toi

Nous ne suivîmes que vaguement l'affaire.

Le commandant avait été arrêté. Il n'y avait pas de doute... Il avait tiré. Le procès débuta deux années plus tard. Il ne se défendit pas. Il ne nia pas. La Justice ou l'État, l'un n'excluait pas l'autre, voulait faire bonne mesure. Coupable... Vingt ans de réclusion criminelle. Il n'en fit pas plus de cinq.

Nous pouvions nous estimer... heureux, je ne sais pas, ma fille, si c'est le terme adéquat, que le coupable passât tant de temps derrière les barreaux, car, à cette époque, la Justice était extrêmement magnanime avec les criminels. Elle appliquait la politique de « Moins de trois ans ». Moins de trois ans pour un double meurtre, moins de trois ans pour viol, moins de trois ans pour blanchiment d'argent, moins de trois ans pour enrichissement illicite, moins de trois ans pour trafic de drogue...

En vérité, dans les premiers moments, nous avions d'autres motifs de préoccupations que la justice des hommes. Les deux derniers mois de grossesse de ta mère furent les plus pénibles de ma vie. Awa maigrissait à vue d'œil. Elle ne parlait plus. Elle ne réagissait plus. Elle passait ses journées dans sa chambre, couchée sur le côté, les yeux rivés sur l'oreiller d'en face, la main posée sur son ventre. Elle semblait lasse... elle était lasse. Ansou venait parfois la voir et, la voix chevrotante, lui disait :

– Awa, lève-toi je t'en conjure... Ne crois-tu donc plus en ton Créateur ? Notre amitié, notre présence ne compte-telle donc pas pour toi ? Nul n'a le droit de se laisser mourir Awa... Si tu ne te lèves pas pour nous, si tu ne veux pas vivre pour nous alors vis pour ton enfant... Pour Allah, vis pour votre enfant.

Pauvre idiot, avais-je envie de lui crier, ne comprends-tu pas que c'est grâce à cet enfant que tu la vois encore ?

C'était pour toi qu'elle s'efforçait d'ingurgiter chaque jour la nourriture que lui donnait Sophie, c'était pour toi qu'elle continuait de respirer... C'était toi qui la maintenais encore en vie.

Je reçus une nuit un coup de fil de Sophie. Elle vivait maintenant avec ta mère. Awa avait perdu les eaux. Elles s'acheminaient ensemble vers l'hôpital. Sa voix trahissait une certaine panique.

Je réveillais les autres et nous partîmes à la hâte. Sophie nous guida jusque devant la salle d'accouchement. Elle nous retrouva devant...

Awa était trop faible pour que l'accouchement se passât par voies naturelles. Les médecins allaient tenter une césarienne. Ils étaient en train de préparer la salle d'opération. Il fallait qu'on attende...

Il était plus de trois heures du matin... un mercredi. Le mélange de la douce fraicheur décembrale et de l'odeur de l'éther produisait sur nous un sentiment que je ne peux décrire... L'appréhension se lisait sur le visage de chacun. Sophie s'était rapprochée de moi. Elle aussi, semblait épuisée... désemparée. « Elle ne va pas bien, me dit-elle dans un murmure ». J'essayais de la rassurer. Une heure passa... puis une demi-heure...

Enfin ! le médecin arriva... une personne âgée à la mine aimable. L'enfant allait bien. C'était une fille. Tu étais née, ma fille...

« Et pour la mère ? Et pour Awa ? demanda-t-on.

– Je vous conseille d'aller tout de suite la voir... »

Nous nous précipitâmes et nous regroupâmes devant la porte de la salle. Ta mère nous vit. Elle nous sourit. Elle ne pouvait lever son bras et nous fit signe d'avancer avec sa main.

Je te voyais pour la première fois, ma fille. Tu étais si petite... toute menue... dormant paisiblement sur la poitrine de ta mère. Elle caressait lentement tes cheveux, tes bras, ton dos, tes petites fesses... Elle t'embrassait la tête, le front, le nez...

– Elle est jolie, n'est-ce pas ? arriva-t-elle à murmurer. Elle est si tranquille... J'ai vu ses yeux tout à l'heure... Ce sont ceux de Balla...

Ses yeux à elles s'étaient imbibés de larmes lorsqu'elle prononça le nom de ton père. Elle fit un ultime effort pour te serrer contre elle.

– Pardonne-moi ma fille, pardonne-moi mon amour, pardonne-moi... mais on m'attend...

L'étreinte se desserrait malgré elle... Elle respirait à peine...

– Prends-la Youssouf. Elle a trop peu vécu pour déjà connaitre la mort... Je te la confie... Balla le veut ainsi. Parle-lui de nous quand tu seras prêt... Pardonnez-moi mes amis... Au revoir ma fille... Oui mon amour, oui Balla, j'arrive... je suis là...

Ta mère s'en alla à la fin de la nuit...

Viens ma fille, de grâce, viens... Pleure, oui pleure... Pleure comme nous avons pleuré ta mère, comme nous avons pleuré ton père...

Tes parents furent deux lucioles éclairant vaguement la nuit et qui, tantôt, ont donné naissance au soleil. Pleure, mon soleil...

Tu es née avec le jour. Les premières lueurs de l'aube perlaient à travers la fenêtre quand je t'ai tenue dans mes bras, dans ces bras-là, pour la première fois. Tu t'étais réveillée. Tu m'as regardé... et je sus, à cet instant, que je ne serais plus jamais le même, que mon but, mes aspirations, mes certitudes, toutes mes convictions, allaient être réexaminés, que ma vie allait radicalement changer.

Tes parents sont morts en me faisant un ultime honneur... en me léguant ce qu'il y a de plus précieux en ce monde : une vie. Tu représentes, ma fille, tout ce qui me reste d'amis chers.

Awa fut enterrée à côté de Balla, qui lui-même reposait parmi les siens dans un cimetière dont la discrétion assurait la quiétude des lieux. Je vis pour la dernière fois tes grands-parents à l'enterrement, les visages ravagés par le chagrin, subitement vieillis par la douleur d'avoir encore perdu, éternellement cette fois-ci, leur unique fille. Leur souffrance était-elle mêlée à une forme de regret ? Je ne sais pas.

Pouvaient-ils ne pas savoir les circonstances du décès de leur fille ? Pouvaient-ils ignorer qu'Awa était morte en donnant une vie ? Auraient-ils pu devenir si vieux qu'ils eussent été sourds aux différents témoignages faisant état de la naissance d'un enfant ? Là non plus, je ne sais pas.

Je sais seulement qu'ils n'ont jamais cherché à te voir, qu'ils n'ont jamais disparu de ton existence car n'y étant jamais entrés, que leur mort ne t'a causé aucune peine, car tu n'as jamais connu leur vie...

Tes oncles, Sophie et moi partions souvent, ensemble, dans les premiers temps, nous recueillir sur les tombes de tes parents. J'en revenais personnellement avec un malaise profond… Qui allons-nous visiter dans les cimetières ? Qui sont couchés sous cette masse de terre rouge ? Sont-ce encore nos amis, nos frères, nos sœurs… ? Le croire, c'est admettre qu'ils puissent rester perclus, confinés dans l'obscurité d'un trou.

J'aime à penser que nos morts se meuvent autour de nous, libérés des contraintes de ce bas monde. J'aime à penser qu'ils se rapprochent lorsque l'être cher, où qu'il soit, les invoquent, qu'ils ressentent sa douleur et son bonheur. J'aime à penser tout simplement que les morts… vivent.

Alors, j'ai cessé d'y aller. Je ne saurais cependant assez t'encourager, ma fille, à effectuer ce pèlerinage dans l'endroit où reposent tes parents… c'est avec honneur et, inéluctablement, mélancolie que je t'y accompagnerais.

J'avais donc vingt ans, j'étais célibataire. Kader m'expliqua rapidement, dans la salle même, malgré notre consternation, que pour adopter au Sénégal, il fallait être un couple marié depuis cinq ans avec l'un des deux époux âgé de trente ans au moins ou, si on était seul, être âgé de plus de trente-cinq ans. Je n'avais aucune chance... Nous projetions de sortir en catimini de l'hôpital avec toi quand, soudain, le médecin revint et demanda :

– Qui est le père de l'enfant ?

Mes amis me regardèrent tous.

– Moi ! Dis-je

Je retournai avec toi reprendre notre ancienne chambre de la Médina. Ton père m'avait montré la voie. Je pouvais étudier et travailler en même temps. C'est ce que je fis.

C'est ce que nous fîmes tous, pour te prendre en charge. Chacun s'y mettait. Tu ne manquais de rien. Tu avais même trop de tout...

Nous allions directement au supermarché dès que nous recevions nos paies. La chambre débordait de pots de lait infantile, de biberons, de couches, de savons et de shampoing, de brosses pour bébé, de pyjamas, de chaussettes et chaussons et quantités d'autres affaires pas forcément utiles.

Je me levais très tôt, te faisais ta toilette, te donnais le biberon, t'habillais... Je me préparais ensuite pour aller soit à l'université soit au travail. Je te déposais avant chez Sophie et tu passais la journée avec ses parents. Ils t'adoraient... Comment ne pas t'adorer ?

Je passais te reprendre à la descente et te retrouvais souvent dans les bras de Sophie. Elle me racontait tes journées, nous riions de tes grimaces... Je me surprenais à m'attarder un peu plus que je n'aurais voulu. Il fallait souvent que je reçusse un coup de fil d'un de tes oncles qui nous attendait dans la chambre pour que je me décide à partir. Sophie nous accompagnait parfois jusque chez nous.

Parfois également, elle arrivait à l'improviste pendant la soirée en t'amenant un ou deux effets. Nous abordions le seul sujet de conversation que nous connaissions : toi... Tu dormais à un certain moment. Nous sortions pour ne pas te déranger. Nous continuions à parler de toi...

Tu sais, ma fille, moi, je l'ai aimée dès le premier regard... mais d'un amour semblable à celui que l'on ressent pour une vedette de cinéma ou pour notre chanteuse préférée... Un amour qui ne nous fait pas souffrir parce qu'un amour sans espoir. Même lorsque nous commencions vraiment à nous familiariser, même lorsque nous discutions chez elle, même lorsqu'elle venait nous voir, même là, j'avais tout mis sur ton compte, je me disais que je n'existais pour elle qu'à travers toi. C'était peut-être un peu vrai d'ailleurs... au début.

Je remarquai qu'avec le temps, elle ne me posait plus des questions que sur toi... Elle voulait maintenant savoir comment se passaient mes journées, elle s'intéressait à mes études, à mon histoire, à mes projets... elle me parlait d'elle également... et, oh miracle, mes blagues hésitantes la faisaient rire. Je ne peux te décrire le bonheur qui me submergeait alors... Il n'existe plus grande gloire pour un homme que celle de faire rire une femme.

Y avait-il donc une chance, aussi infime soit-elle que je lui plusse ? Se pouvait-il qu'elle m'aimât sincèrement ?

Je pensais avoir atteint le summum du bonheur avec toi, mais Dieu avait décidé de combler son insignifiante créature de ses bienfaits infinis... Je ne peux oublier cette conversation, je ne peux oublier cette nuit, je ne peux oublier cette chaleur...

Oui... C'était lors d'une nuit chaude d'un mois de septembre. Tu avais neuf mois, elle était passée te voir. Mais tu refusais de dormir... Tu criais, tu chantais, tu te trainais partout dans la chambre. Coquine, tu venais nous donner des tapes et puis tu t'enfuyais pour que nous te poursuivions... Ce n'était que tumulte, ce n'était que rires, ce n'était que joie. En réalité, nous ne voulions pas que tu t'endormes.

Épuisée, elle était venue s'écrouler à côté de moi et avait lancé, presque indifféremment :

– Tu imagines, si tous nos enfants sont pareils ?

« Nos enfants ». Je te jure qu'il ne s'agissait point de ce « nos » signifiant ses enfants et mes enfants, mais le « nos » de nos enfants. Tu te rends compte ?

Ce fut un de tes premiers prodiges, ma fille... D'habitude, les enfants naissent de l'amour, mais notre amour à nous a été le fruit de ta naissance.

Nous nous regroupions désormais autour de toi. Je ne crois pas que notre cercle aurait pu résister à deux tragédies si tu n'avais pas existé... Tu reconnaissais parfaitement Kader, Nicholas, Ansou, Goora et surtout Malick... Nous étions heureux... mais la vie et la mort appelaient certains ailleurs.

Ton oncle Kader nous quitta une année après ta naissance pour aller étudier au Canada... Ce qui fut un handicap pour lui au Sénégal se transforma tout à coup en atout. Malgré son âge relativement avancé, il réussit ses études de droit et devint l'avocat international que tu connais et qui te supplie chaque jour de suivre sa voie. Malick disparut deux années plus tard dans les circonstances que je t'ai racontées... Encore une fois, la mort frappait notre petit cercle. Ton oncle Nicholas finit par épouser sa Ngilane dont il divorça par la suite. Il rencontra après ta tante Monique et connut enfin une relation de couple paisible. Ton oncle Ansou n'a pas perdu une once de sa foi, mais tu as dû être surprise de m'entendre le décrire de la sorte... Il s'est assagi il est vrai. Tu sais également que Nicholas et lui ont monté un petit cabinet de consultance qui marche bien... Goora ? Tu connais ton oncle Goora... il est resté le même. Il est comme Malick... c'est un enfant dans un corps d'adulte... Il a fait de petits boulots par ci, par là... et a vécu un temps avec chacun de nous. Maintenant il devient vieux, comme nous tous, et s'est posé dans cette maison. Nous prendrons soin de lui toute sa vie... et nous le lui devons parce qu'il fait partie de la famille.

Et nous ? Et tes vieux parents ? Je crois que tu connais déjà tout de nous... Sophie, ta mère, m'a attendu pendant cinq longues années, elle a attendu que je finisse mon doctorat. Vous étiez à la première loge lors de ma soutenance... Tu venais de comprendre que je ne m'appelais pas « Papa », mais Youssouf et à chaque fois que l'on prononçait mon prénom, tu criais « PAPA » dans la salle... Ce sont les plus beaux souvenirs que j'ai conservés de cette journée.

J'épousai ta mère un mois plus tard... Depuis lors, je n'ai jamais fini une prière sans remercier Dieu d'avoir mis dans mon existence deux de ses plus belles créatures... Sophie m'a soutenu, ta mère m'a donné la force de continuer jusqu'à l'agrégation et je suis maintenant un de ces professeurs que je t'ai dépeints si sinistrement... J'aime à penser cependant que j'ai réussi à éviter certaines de leurs plus grandes maladresses.

Après mon agrégation, tu avais huit ans, l'université de Saint-Louis me proposa un poste. Ta mère y trouvait l'occasion pour nous de changer de cadre de vie, de fuir les remous de la capitale, mais surtout, surtout de t'éloigner de tes oncles, de ceux qui restaient... Oui, car la manière excessive dont ils s'occupaient de toi devenait suspecte, d'autant plus que notre ressemblance physique n'était pas très évidente... Nous avions peur que les gens finissent par établir des liens et qu'ils les utilisent ensuite pour te blesser.

Nous en parlâmes à tes oncles. Bien que cela leur déchirait le cœur de ne plus pouvoir te voir régulièrement, ils comprirent... La banque dans laquelle travaillait ta mère disposait d'une agence à Saint-Louis. Il nous fut donc facile de partir... Nous partîmes.

Ton frère Balla naquit deux années plus tard... Je crois que tu te souviens de cela... C'est pratiquement toi seule qui t'es occupée de lui. Je vous observais discrètement parfois... Vos jeux étaient étonnamment calmes, vous sembliez toujours en parfaite harmonie. Vous me rappeliez un autre Balla et une autre Awa...

Nous n'avons pas été surpris de te voir réussir à l'école... Un peu quand même lorsque tu as voulu entreprendre des études de droit. Nous aurions juré que tu opterais pour les sciences... Les sempiternelles harangues de ton oncle Kader ne sont sûrement pas étrangères à ce choix. Quoi qu'il en soit, je trouve que le droit te convient parfaitement aussi...

Nous avons toujours ressenti cet amour pur que tu nous portes… Nous avons voulu le conserver le plus longtemps possible. Nous ne voulions pas le perdre. Nous ne voulons pas le perdre. Ta mère m'a supplié de ne pas te raconter cette histoire. « Ne détruis pas notre famille, m'a-t-elle dit. Ne la fais pas souffrir inutilement ». Mais je ne pouvais garder ce secret plus longtemps. C'était injuste envers tes parents et surtout envers toi...

N'en veux pas à ta mère... Elle souffre. Elle craint simplement que tu ne nous regardes plus de la même façon... et c'est peut-être, je m'en rends compte, inévitable. Je sais également que toi-même tu souffres et que mille questions se bousculent dans ta tête présentement... Mais je me refuse à croire, ma fille, que mes révélations puissent enlever quoi que ce soit à la cohésion de notre famille. Non ! Je te connais... Je sais que tu aimeras ton frère comme tu l'as toujours fait, que tu chériras autant ta mère et que tu regarderas ton vieux père avec les mêmes yeux...

Nous t'aimons, ma fille... Je t'aime, Awa... Tu as pris le meilleur de chacun de tes deux parents que tu as ajouté à tes magnifiques qualités... Tu es magnifique... Tu es notre fierté... Ta mère et moi te devons tout... Nous ne pouvons te rembourser tout ce que tu nous as donné... Tu as rendu possible notre amour… Tu es le socle de notre famille... Tu es notre histoire... Tu es notre ami... Tu es notre amie... Tu es notre fille.

Table des matières

L'Harmattan Italia
Via Degli Artisti 15; 10124 Torino
harmattan.italia@gmail.com

L'Harmattan Hongrie
Könyvesbolt ; Kossuth L. u. 14-16
1053 Budapest

L'Harmattan Kinshasa
185, avenue Nyangwe
Commune de Lingwala
Kinshasa, R.D. Congo
(00243) 998697603 ou (00243) 999229662

L'Harmattan Congo
67, av. E. P. Lumumba
Bât. – Congo Pharmacie (Bib. Nat.)
BP2874 Brazzaville
harmattan.congo@yahoo.fr

L'Harmattan Guinée
Almamya Rue KA 028, en face
du restaurant Le Cèdre
OKB agency BP 3470 Conakry
(00224) 657 20 85 08 / 664 28 91 96
harmattanguinee@yahoo.fr

L'Harmattan Mali
Rue 73, Porte 536, Niamakoro,
Cité Unicef, Bamako
Tél. 00 (223) 20205724 / +(223) 76378082
poudiougopaul@yahoo.fr
pp.harmattan@gmail.com

L'Harmattan Cameroun
BP 11486
Face à la SNI, immeuble Don Bosco
Yaoundé
(00237) 99 76 61 66
harmattancam@yahoo.fr

L'Harmattan Côte d'Ivoire
Résidence Karl / cité des arts
Abidjan-Cocody 03 BP 1588 Abidjan 03
(00225) 05 77 87 31
etien_nda@yahoo.fr

L'Harmattan Burkina
Penou Achille Some
Ouagadougou
(+226) 70 26 88 27

L'Harmattan Sénégal
10 VDN en face Mermoz, après le pont de Fann
BP 45034 Dakar Fann
33 825 98 58 / 33 860 9858
senharmattan@gmail.com / senlibraire@gmail.com
www.harmattansenegal.com

L'Harmattan Bénin
ISOR-BENIN
01 BP 359 COTONOU-RP
Quartier Gbèdjromèdé,
Rue Agbélenco, Lot 1247 I
Tél : 00 229 21 32 53 79
christian_dablaka123@yahoo.fr

Achevé d'imprimer par Corlet Numérique - 14110 Condé-sur-Noireau
N° d'Imprimeur : 134764 - Dépôt légal : décembre 2016 - *Imprimé en France*